학령산
돌고 돌아

학령산
돌고 돌아

—

첫 번째 이야기

백정숙 시조·수필집

맑은샘

작가의 말

팔십 고개에 닿았다.
거울 속 흰 머릿결 나이테를 헤아린다.
몸 여기저기서 반란을 일으키기 시작해
마음이 초조해진다.
이젠 추수할 때가 되었나 보다.
채 여물지 않은 글들을 한 알 두 알 모아본다.
출산을 앞둔 산모처럼 설렘과 불안이 교차한다.
그래도 세상 밖으로 내보내야지
용기를 내어본다.
오늘이 있기까지 지도해주신 선생님들,
여기까지 인도해주신 하나님께 감사드리며
그동안 수고해준 사랑하는 딸 고맙다.

2022년 가을
학령산 아래에서
백정숙

차례

5   작가의 말

시조

1부
첫사랑

—

13   첫사랑
14   봄눈
15   냉이꽃
16   봄 들녘
17   빈집에도 봄은 오고
18   고석정에서
19   송화 필 무렵
20   풋보리 가리밥
21   목화
22   목화 왕비
23   찐 쌀
24   무를 썰다가

2부
경종이 울다

—

29   경종이 울다
30   신사임당
31   쇠뜨기
32   중복날
33   여름날의 삽화
34   가뭄
35   광장
36   백담사 전경
37   가까이 있어도
38   떠난 사람들
39   선거철
40   지금, 이탈리아
41   청춘 교실

3부

알밤

—

45　알밤

46　가을 문턱

47　태풍이 지나간 후

48　타이밍을 잡아라

49　오빠를 고발해

50　한 마리 소가 되어

51　운동회 날

52　가을의 소리

53　가까이하기엔 너무 먼

54　하늘 공원

55　여기도 코로나가

56　콩

4부

철새

—

61　철새

62　승화원 단상

63　옛 친구

64　치매 할매

65　탁구를 치며

66　영광굴비

67　보리암

68　겨울 파리

69　29만 원

70　멧돼지 소동

71　니트족

72　스테반에 반하다
　　-미리내 성지

수필

5부

흔적

—

77 흔적

83 돈이 뭐길래

87 넝쿨콩

89 주홍글씨

95 양군이와의 추억

99 곰탱이

105 장수 사진

6부

천 년의 미소

—

110 천 년의 미소

114 선교여행을 떠나다

126 다낭에서 3박 4일

133 빚진 자

137 춤추는 섬

142 석림에서 한나절

145 탁류 속에 꽃피우다

7부

할머니 농사 이야기

—

150 할머니 농사 이야기

152 분꽃

156 마음도 타들다

159 보물 밭

162 수명

165 기적이 울릴 때면

169 학령산 돌고 돌아

175 발문

1부

◇

첫사랑

첫사랑

기찻길 거닐면서

다짐하고 다짐했다

평행선 탈선하면

약속이 깨진다고

기적이 울릴 때마다

꺼내보는 스무 살

봄눈

봄비가 내리다가 현기증에 정신 잃고
깜짝 놀라 깨어보니 눈꽃이 피었다네
온 세상 새하얀 나라
오들오들 떨고 있는

민들레 개나리꽃 목련 진달래
차례를 안 지키고 한꺼번에 피더니만
사람들 닮아가나 봐
경쟁하다 눈사태 맞네

14

냉이꽃

옥양목 하얀 적삼 무명치마 받쳐 입고
정다운 웃음으로 눈물 젖어 바라보는
어머니
꽃 진 자리에
폴폴 나는 흰머리

봄 들녘

겨울잠을 깨우는 씀바귀 달래 냉이
잃어버린 입맛을 찾아주는 생명의 싹
봄 향기 가득한 밥상
나물잔치 벌였네

할머닌 씀바귀가 달다고 하셨는데
그 나이 되고 보니 그 맛 정말 알겠네
위대한 자연의 밥상
사람도 철이 드네

빈집에도 봄은 오고

길 건너 오두막집 찬 바람만 드나들고
개나리 진달래 살구꽃이 집을 본다
새 주인 맞이하려나
몸단장이 한창이다

봄바람은 개구쟁이 살금살금 들어와서
잠자던 꽃나무들 옆구리를 간질인다
목련도 참지 못하고
함박웃음 터트린다

고석정에서

화강암 머리 위에 현무암 올려놓고
수억 년 사연들을 강물이 끌어왔다
한탄강 배를 따라서
나도 함께 흘러간다

절벽 끝 이랑마다 생명의 몸부림들
긴 세월 뿌리내려 모든 고통 참아내는
돌단풍 모진 세월이
꽃밭으로 환하다

송화 필 무렵

창문 열면 솔향기 코끝을 간질이고
송진 냄새 어린 시절 눈앞에 아른아른
송진 껌 그 쓰디쓴 맛
빨강 파랑 물을 들여

나도 조금 너도 조금 한입씩 이 입 저 입
정다운 웃음으로 까르르 넘어갔지
그래도 병 안 걸리고
여기까지 살아왔어

집집마다 송홧가루 약방에 감초였지
명절이면 송화다식 배 아플 땐 약이 되고
지금은 공해 천지야
꽃가루만 날리지

풋보리 가리밥

손바닥이 아리도록 풋보리 비벼 삶아

보릿고개 넘기기 전 연명하며 살았다네

이웃집 폐 끼칠까 안 먹어도 배부른 척

조팝꽃 흐드러질 땐 허기진 배 움켜쥐고

몽롱하니 고봉쌀밥 눈앞에 아른대도

남들도 다 그러려니 삭이면서 보냈다네

목화

우리 동네 할머니 어릴 적 생각이 나
좁은 길가 화분에 추억을 심나 보다
그 옛날 목화 한 포기
시간 꼭꼭 묶는다

목화밭 지나갈 때 탱탱 물오른 열매
한입 가득 베어 물면 달콤했던 그 맛은
상큼한 청량음료지
아직도 잊지 못할…

목화 왕비

하루는 임금님이
궁녀를 모아놓고

세상에서 제일 예쁜
꽃이 무엇이냐

한 궁녀 "목화이옵니다."
말 한마디에 왕비로 승격

찐 쌀

우리 집 뒤울 밖에 조그만 땅떼기
거기 하늘바라기 마냥모를 심었지
초가을 풋바심으로
허기진 배 채웠다네

민속촌 낙안읍성에서 옛 기억을 만났지
어머니 손맛이 밴 잊지 못할 그 맛을
한입 가득한 추억
성곽 돌며 씹었다네

무를 썰다가

겉보기엔 멀쩡한
허여멀건 다발무

그중에 속이 텅 빈
병든 것 하나 있어

울 엄마 까맣게 썩은
가슴속을 보았다

2부

◈

경종이
울다

경종이 울다

지구가 몸살 났다 열이 올라 40도
참는 것도 유분수지 더 이상 못 참는 듯
인간의 탐욕이 넘쳐
하늘이 내린 벌인가 보다

바다도 노했나 봐 쓰레기는 싫다며
태풍을 불러들여 한바탕 뒤엎어 놓다
자연을 더럽힌 우리
후손에게 뭘 남길까

신사임당
-5만 원권

이게 아니었다구 본래의 내 모습은
다리 꼬고 돈만 세는 복부인이 될 줄이야
풀꽃들 벌 나비 딱정벌레
화가는 어딜 가고

오백년 후 내 팔자가 이렇게 바뀌다니
더구나 세종대왕 윗자리 턱 하니 앉아
세상을 온통 쥐락펴락
거드름을 피우다니

누구는 날 좋아해 마늘밭에 숨겨놓고
어떤 이는 인형 속에 꾸역꾸역 쳐넣어
지상에 뉴스감으로
비난받고 살 줄이야

제발 내 소원이야 나 없으면 못 산다니
진정 사랑한다면 음지에서 날 꺼내줘
빈자들 호주머니에
고루고루 나눠야 해…

쇠뜨기

묵정밭 햇살 한 뼘 받은 게 전부라오
풀섶에 온몸 꿇어 바람처럼 울어도
함부로 말하지 마라
쇠심줄보다 질기다고

밟히고 뽑혀서도 시퍼렇게 고개 들고
일용직 천민으로 사방을 떠도는 生
은장도 가슴속 깊이
뿌리 뻗어 살아가오

넓고도 깊은 뜻은 아무도 측량 못할
모든 만물 지으신 조물주 작품일진대
한번쯤 눈부신 대박
터트릴 날 올 거라오

중복 날

나무도 땀 흘리는 여름의 한 허리에서
쓰르라미 찾아와 낮잠을 깨운다
소나기 지나간 후엔
솔바람이 찾아오네

삼계탕 끓여놓고 가족들 모여앉아
오순도순 이야기꽃 그것이 더 맛있다
행복의 조건 중 하나는
좋은 사람과 먹는 것이란다

여름날의 삽화

열무김치 노각무침 보리밥에 강낭콩
보글보글 강된장에 써억써억 비벼 놓고
이웃들 둘러앉아서
너도 한입 나도 한입

더위는 물렀거라 수박 참외 나가신다
콩국수에 오이냉국 뱃속까지 시원타
울 밑에 누렁이도 함께
삼복 거뜬 넘긴다

가뭄

아래 밭 아저씨는 우물에 호수 꽂고
저 혼자 살겠다고 물 홀랑 빼내갔다
내 밭도 폴폴 먼지 나는데
어찌하면 좋을까

배추씨 무씨 뿌린 지가 여러 날
예쁜 싹 기다려도 소식이 없어
간절히 하늘만 보며
타는 입술 깨문다

광장

괴성이 빗줄기 타고 앞산을 넘어온다
오랜만에 내리는 비 오염되어 쏟아진다
파주 땅 다 올랐는데
이 값이 웬 말이냐

오가는 길을 막고 북 치고 장구 치고
삼복더위 물러가라 시장도 물러가라
서슬이 시퍼런 저들
하늘도 떼 메고 갈 듯

그 누가 양보할까 줄다리기 편싸움
뜨거운 열기 속에 구경꾼도 지쳐간다
아 누가 죄 없는 땅을
심판하려 하는가

백담사 전경

지나가는 스님 머리 햇빛에 반짝이고
함께 가는 서양스님 파란 눈이 빛난다
초파일 아직 멀었는데
빈등만 흔들리고

야광나무 그늘 아래 돌탑 쌓는 사람들
불도가 무엇이냐 무심코 물어보니
차 한 잔 마시라 하네
바람 한 줌 마시란다

가까이 있어도

시집 간 딸이 왔다. "엄마! 아빠 눈 좀 봐."
빨개진 남편의 눈 바라보며 호들갑 떤다.
한집에 살고 있으면서
나는 왜 못 보았나

언제나 한결같이 내 곁에 있는 사람
있다는 존재만으로 든든한 버팀목
그러나 하루에 몇 번
마주 볼까 그 얼굴

공기처럼 산소처럼 없으면 안 될 사람
있을 때 잘해야지 다짐한다 오늘도
오롯이 감사한 마음
뜨거운 가슴으로

떠난 사람들

요즘 카카오톡에 여러 이름 지워졌다
한 사람 두 사람 떠날 때는 가슴 시려
잘할걸 껄껄거리며
후회를 하게 된다

가깝게 있던 사람 잘해야지 하면서도
있을 땐 모르다가 떠나면 허허로워
또다시 껄껄거리며
자꾸만 후회한다

세상사 다 그런 거지 그 누가 노래했나
만나고 보내는 일 더러는 잊는 걸까
인생은 수정할 수 없다
사랑하며 살아야지

선거철

이맘때 다가오면 작명소가 불티 난다
이름만 바꾼다고 무엇이 달라지나
도무지 정신 헷갈려
찍지도 못하겠다

요행수 점치면서 말로만 번지르르
하늘은 먹장구름 해 뜰 날 언제인가
영웅은 어디 있을까
시대가 만든다는

내가 찍는 한 표가 나라를 살린다니
너와 나 두 손 모아 간절히 기도한다
이 강산 삼천리 반도
무궁화 환히 피기를

지금, 이탈리아

노인이 코로나를 어디서 몰고 왔나
무슨 죄가 있다고 개 잡듯 돼지 잡듯
생명은 다 소중한 것
세상에 이럴 수가

하루에도 수백 명씩 죽어가는 이태리
모두들 미쳤나 봐 냄새도 모양도 없는
적군이 눈에 보여야
때려잡지 총칼로

입 막고 발 묶이고 지옥이 따로 없네
짜증나고 답답하다 엄살 떨던 사람들
유튜브 방송 보고서
가슴 쓸어내린다

잘났다 교만 떨던 물 건너 강대국들
모두들 고개 숙여 우리에게 손 벌린다
사재기 아무도 없는
우리나라 엄지 척

청춘 교실

구순 넘은 할머니 소녀처럼 웃으시고
아들딸 대신하는 강사님의 노래와 율동
한바탕 웃음보따리
신나는 두뇌 팡팡

잠자던 세포들이 깜짝 놀라 깨어나고
늘어졌던 근육들이 불끈불끈 솟아난다
나이야 저리 가거라
내 몸은 청춘이다

자식 위해 살아온 삶 나라가 효도하고
나라가 부강하니 복주머니 두둑하다
이대로 꽃길 걸으며
자손만대 살아가리

3부

◈

알밤

알밤

애면글면 끌어안고
몸부림쳐 지키더니

결국은 한 알 두 알
모두 다 쏟아놓았다

엄마는 배부르단다
너희 품은 기억만으로…

가을 문턱

아! 벌써 입추라니 비 오다 여름 갔어
올여름 다른 해보다 더울 거라 떠들더니
기상청 무색한 변명
먹구름이 끼었어

여기저기 물난리 귀한 생명 앗아가고
물건들 건지려다 목숨과 바꾸었지
작은 것 목숨 걸지 마라
우리 집 가훈일세

태풍이 지나간 후

할아버지가 청소한
깨끗한 마당처럼

태풍이 휩쓸고 간
파아란 저 하늘에

흰 물감 붓질을 하듯
새털구름 그린다

타이밍을 잡아라

투본 강 코코넛 길 바구니 배 타고 간다
두둥실 한국 가요 신나게 춤추는데
언제쯤 팁 줘야 할까
사십 분 거리 중에

일찍 주면 시들해져 묘기를 안 부리고
늦게 주면 당연해 고마운 줄 모른다니
인생은 타이밍이라고
일러줬지 가이드가

오빠를 고발해

덕진산성 오르는 길 주고받는 이야기
"오빠 이게 뭐야?" "응 그건 찔레꽃이지"
"오빠야 이건 무슨 나비야"
"응 그건 호랑나비"

앞서거니 뒤서거니 젊은 남녀 그들에게
정다운 남매군요 맏이, 막내인가요
눈 힐끗, 쳐다보면서 헐! 별걸 다 묻는다네

앗 내가 실수했어 부부인 줄 모르고
남편도 오빠라지 오빠도 오빠라니
판결 좀 내려주세요
도무지 헷갈려서

한 마리 소가 되어

기둥감 학비 대느라 한 떼기 두 떼기
야금야금 팔아먹고 달랑 남은 비탈밭
아무도 살 사람 없어
내 차지가 되었다

풀뿌리 나무뿌리 돌부리 고르느라
삽자루 호미자루 손에 못이 박히도록
흘린 땀 석 섬도 넘게
뚜벅뚜벅 일군 옥토

남편과 큰아들은 뒷짐만 져 자격미달
일 머리 좋은 막내 환상의 짝이 되어
온몸은 고달팠어도
곳간 가득 넘친다

운동회 날

청군 백군 이겨라 이마에 띠 두르고
학교가 떠나갈 듯 저 푸른 어울림
하늘에 만국기들도
신바람 나 춤추었지

손자 녀석 응원하러 오랜만에 가본 학교
썰렁한 분위기에 휑한 나무 밑처럼
점심은 급식이라니
돗자리가 무색하다

밤 삶고 김밥 말아 닭튀김 이고지고
앞뒷집 둘러앉아 웃음꽃을 피웠던
그 가을
어디 갔을까
새털구름에 길을 묻다

가을의 소리

갈바람 불어올 때면
가슴이 시려온다
코스모스 하늘거려도
국화 향 그윽해도
떨어진 나뭇잎처럼
바람 소리만 서걱인다

마셔도 채울 수 없는
욕망인가 병이런가
젊은 날 그 빛나던
파랑새는 어딜 갔나
허공에 쇠기러기 울음
빈 들녘에 떨어진다

가까이하기엔 너무 먼

우리 밭 우물가에 구렁이가 살고 있고
옆집 느티나무 밑엔 백사가 살고 있다네
아들딸 잘 거느리고
저 잘났다 자랑질 하다

등 돌린 이웃사촌 어울릴 수 있으려나
징그런 파충류이긴 서로가 도찐개찐
에덴이 회복되는 날
친해질 수 있으려나

하늘 공원

예전엔 쓰레기 더미 꽃동산이 되었다
울 엄마 손처럼 마디마디 억센 풀
손길이 닿는 곳마다
요술나라 만들어

흰머리 날리면서 억새밭 지나가는
구부정한 저 노인 꽃띠가 따로 없다
옷 색깔 빨강 파랑 노랑
청춘이고 싶어라

여기도 코로나가

산 높고 골이 깊은 청학동 마을에는
아이들 소리 대신 산새들만 지저귀고
주막엔 반가운 손님 대신
누렁이만 낮잠 잡니다

할머니 나이보다 더 늙은 오두막엔
온기가 사라진 듯 냉기만 감도는데
댓돌 위 신발 한 켤레 가지런히 반깁니다

어르신 잡수라며 밤톨 몇 개 대롱대롱
밤나무도 늙었는지 가지마다 구부정히
늦가을 햇살마저도
뉘엿뉘엿 기웁니다

콩

사이좋게 들어앉은 콩깍지 속 콩알들
이불 덮고 잠이 든 내 동생들 닮았네
한 나무
여러 남매들
알콩달콩 영근다네

4
부

◈

철새

철새

이념보다 더 높은 굶주림의 벽을 넘어
접었던 날개 펴고 그 땅을 멀리 떠나
철책선 가시에 찔린 채 예까지 날아왔나

한 발만 짚고 선 외기러기 재두루미
떠나온 고향 생각에 두 발로 못 서 있나
여기는 자유로운 곳 마음 놓고 살았으면…

승화원 단상

거기 가면 태어날 때 엄마 품 얘기가 있고

자랄 때 뛰어놀던 골목과 학교가 있다

그곳엔 저마다의 인생을 소설처럼 펼친다

노인도 젊은이도 애석한 어린애도

하늘의 명을 받은 이야기로 태어나

영롱한 이슬이 되어 우리 품에 돌아온다

옛 친구

하얀 밤 지새도록 옛 그림을 그리다
만나면 듣던 그 말 다시 또 듣고 들어도
늙어서 그러려니
웃으며 들어준다

밤새도록 못다 푼 정 아쉬운 이별 앞에
다시 또 만나자며 꼭꼭 건 새끼손가락
내일을 기다려보는
약속어음 챙겨둔다

치매 할매

수술한 것조차도 기억 못한 노인 한 분
생생하게 기억하는 무서운 외로움
"나 집에 가기 싫어요."
여기가 좋다 하네

딸들이 멀리 살고 아들 내외 직장 가면
온종일 집 지키며 지루함과 씨름하던
그곳은 집이 아니라
감옥 같은 곳이라네

간병인 시중 들지 끼니 걱정 안 하지
친구들 만나보는 재미가 더 좋다니
자식만 생각했었던
그 엄마는 어디 갔나

탁구를 치며

내 마음 닫힌 문을
열 수가 없었는데
조그만 공 하나가
그 문을 열었어요
통통통 탁구를 치며
마음 문이 활짝 열려

가람에 흐르는 물
졸졸졸 돌고 돌니
친구들 문을 열고
탁구 치러 나오세요
한바탕 웃음 보따리
헛방 쳐도 즐거워요

삶을 즐기는 일
나이가 있었던가
교하 가람마을은
행복한 보금자리
한가득 놀이마당에
이웃사랑 꽃피워요

영광굴비

법성포 거리에 족보 없는 굴비들이
아가리 쩌억 벌려 제 몸값 자랑한다
그대들 너무 멀구나 밥상에 오르기엔

한때는 조기들이 모래 위에 펄떡였지
순이도 철수네도 함지박 이고지고
만선은 옛날 이야기 꿈결 같은 보름사리

개들도 신이 나서 조기 물고 달아나고
아이들 용돈 쥐고 좋아라 덩실덩실
니나노 선술집마다 술꾼들로 왁자지껄

꽃시절 돌아올까 조기들이 찾아올까
지금은 어드메서 길을 잃고 헤매는가
원자력 저 발전소만 등대인 양 번뜩인다

보리암

아픈 다리 절룩이며 간신히 오른 암자
나지막한 추녀 앞엔 드넓은 쪽빛 바다
처얼썩 파도소리가
날 때리고 있구나

이 세상 모든 길에 평지만 있다드냐
오르막 내리막도 돌아보면 수행의 길
중생의 얼룩진 상처
바닷물이 씻어주는가

겨울 파리

피자 위에 넙죽 앉아 싹싹 비는 이놈들
맘씨 좋은 주인나리 너그러이 용서한다
"먹으면 얼마나 먹겠어."
"어차피 차린 밥상인걸."

29만 원

백담사 맑은 물에
몸과 맘 백 번 씻어
정갈한 마음으로
오신 줄 알았더니
가진 건 이십구만 원
그것밖에 없다니

가족 같은 개 한 마리
주인 대신 끌려가며
그 많은 돈 어디 쓸까
궁금도 하련마는
멍멍멍 말 못하는 개
차라리 나은 건가

멧돼지 소동

여러분 어젯밤에 멧돼지가 출몰했어요

영식이네 고구마 밭을 헤집고 갔습니다 모두 나오셔서
멧돼지를 잡읍시다
쉰 넘어 장가 한번 못 가본 고씨는 "이놈의 멧돼지들
가족계획도 안 하나
오늘은 막걸리 멕여 몽땅 잡을까나, 제깟 놈들 술 안
처먹고 배기나 두고 보자 괴기에 술상 한번 푸짐하게
차렸겠다" 바로 이때 코맹맹이 박 마담 휴대폰 소리 떡
본 김에 뭐 한다고 너도 한 잔 나도 한 잔 부어라 마셔
라 어깨춤이 들썩들썩

옳거니 멧돼지고 나발이고 막걸리가 최고여

니트족

한 손엔 장바구니 또 한 손엔 지팡이
등 위엔 장성한 두 아들이 업혀 있다
장군감 꿈은 다 사라지고
아직도 어린아이

팔십 부모 등골 빼는 철부지 오십 자식
일 없어 노는 건지 싫어 안 하는 건지
무력도 병이로구나
예방주사 어디 없소

빨대족 캥거루족 또다시 팔공오공
대를 또 이어가니 어느 가문 족보일까
여보게 정신 차리게
저승길도 업혀 갈래?

스레반에 반하다
-미리내 성지에서

우린 모두 보았다
고통보다 더 강한

죽음 그 너머에
아직 여기 살아 계신

하늘길
송이송이 피운
저 사랑의 붉은 꽃

5부

◇

흔적

흔적

볼이 갈라지는 듯 따가운 칼바람이 온몸을 할퀸다. 영하 12도라고 일기예보에서 겁을 주더니, 정말 오늘 아침 체감 온도가 영하 20도는 넘는 듯싶다. 이 추운 날에 어딜 가느냐는 남편의 말을 뒤로하고 42년 전 하나둘 결혼하면서 헤어졌던 사람들을 만나러 지금 나는 약속 장소로 달려간다. 유난히 추위를 타는 나이지만 옛 직장 친구들을 만나고픈 열기는 이까짓 추위쯤이야 녹이고도 남을 것 같다.

그동안 앞만 보고 달려왔던 지난 세월 낯선 타지에 와서 얼마나 보고팠던 사람들인가. 사람들이 많이 모이는 곳에라도 가게 되면 혹시라도 아는 얼굴이 있지 않을까 두리번거리던 일이 한두 번이 아니다. 나는 그동안 정에 목말라 하고 있었다. 무심한 세월은 옛사람을 잊게 하고 새로운 사람들과의 만남으로 인생의 수레바퀴는 굴러가고 또 거슬러 올라가나 보다.

약속 장소인 수원역에 내려 친구들을 찾아보았지만 보이질 않는다. 서로가 못 알아보는 것 같아 전화를 하니 그들도 찾는 중이란다. 이 역은 왜 이렇게 복잡하게 지었을까. 미로처럼 생겨서 도대체 어디가 어딘지 분간하기가 힘들다. 처음 오는 사람은 헤매기 십상일 것 같다. 우리는 첩보영화를 연출하듯 서로 연락을 하면서 접근해 갔다. 휴대폰이라는 문명이 가져다준 선물이 아니었더라면 아마 반갑게 만나지도 못했을 것이다. 문득 옛날 외국영화 한 장면이 스쳐 지나간다. 주인공이 차 안에서 전화를 하는데 그 장면이 너무 신기했다. 전화 줄도 없는데 어떻게 전화를 할까? 그런데 지금은 어른 아이 할 것 없이 다 가지고 있으니 참 편리한 세상이다.

예전엔 이 근처에 딸기밭이 많이 있어서, 젊은 연인들의 데이트 장소로 소문났던 한적한 기차역이었다. 몇 정거장만 더 가면 내 고향이기도 하다. 친구들과 어울려 딸기밭에 온 적이 있다. 원두막에 앉아 딸기 한 소쿠리 앞에 놓고 수다를 떨다 보면 어느새 딸기는 누가 먹었는지 빈 소쿠리만 남겨지고, 재잘거리는 수다로 그 소쿠리를 채워갔다. 아무리 세월이 흘렀다지만 어제 일처럼 생생하다. 그때를 생각하니 세상이 정말 많이 복잡하게 변해 있다.

한참 헤맨 끝에 마주친 얼굴들, 그곳엔 낯선 얼굴들이 나를 의아스럽게 바라보고 있었다. 솜털이 보송보송했던 청순한 얼굴은 다 어디가고 42년이란 세월의 흔적만이 눈가에 남았으니 그렇겠지. 흐르는 세월을 붙잡아매고 싶은 것이 사람의 마음이지만, 쏜살같이 달아나는 세월을 어찌하랴. 싫어도 받아들이는 것이 순리가 아닐까.

서먹한 분위기 속에 엉거주춤 서 있는 우리에게 저만치서 다가오는 낯선 노인 한 분, 가만히 바라보니 어렴풋이 낯익은 모습이다. 직원들이 잘못했을 때 야단을 쳤던 바로 그 호랑이 직장상사다. 동료들이 모인다는 소식을 듣고 팔십사 세의 노구를 이끌고 이곳까지 오신 것이다. 나이가 들면 추억을 먹고 산다더니 옛사람이 얼마나 그리웠으면 여기까지 오셨을까. 함께하던 그 시절엔 무척 엄격하여 직원들 모두 그 앞에서 쩔쩔매기도 했다. 아울러 때때로 우리들의 마음을 헤아려 회식이며 티타임이며 꼼꼼히 챙겨 따뜻하게 베풀기도 하셨다. 돌아보니 그분 나름대로 직장의 질서를 잡고 자기 직분에 충실하려고 그러지 않았을까. 지난 일들이 세월과 함께 희미해져 가지만 사람의 정은 잊혀지지 않는가 보다.

지난 세월 동안 본처와는 사별하고 재혼해서 잘 산다고 하는데 잘난 체하시는 건 여전하다. 본처가 세상을 뜨자 주위의 과부댁들이 함께 살자고 줄을 섰다며, 믿거나 말거나 한 이야기로 웃음을 준다. 이렇듯 때론 허풍 같은 이야기가 주위 사람들을 즐겁게 할 때도 있다. 그래도 노인 되어서 기죽어 사는 것보다 큰소리치며 사는 게 낫지 않겠느냐며 이구동성이다. 왁자지껄 추억담으로 분위기가 무르익어 갔지만, 많은 동료들이 나오지 못해 무척 섭섭했다. 세상을 떠난 이들은 왜 그리 많은지, 무엇이 급해서 그리 빨리 떠났을까? 눈 맞춤이라도 한번 하고 가야지….

화기애애한 추억의 시간이 다하고 그들과 헤어져 돌아오는 길엔 직장상사와 함께 차를 타게 됐다. 오며 하는 말씀이 당신께서 오늘 점심도 사고 모임에 쓸 돈도 주고 싶어서 왔노라신다. 아마도 알게 모르게 마음에 걸렸던 일들을 조금이라도 덜고 싶었나 보다. 그런데 되돌아보니 내겐 좀 더 잘 대해주었다. 나는 낙서하는 버릇이 있었는데 글을 써서 버리면 그것을 주워서 읽으며 하는 말씀이 '이거 네가 썼나? 잘 썼네.'하며 칭찬해주셨다. 당시 내 글에 유일한 애독자였으니, 글로 인해 소통의 장이 된 셈이다. 때론 지나친 관심이 부담스럽기도 했지만 내가 잘되기를 바라는 분이다. 오늘도 내 표정이 평안해 보인다며 잘 사는 것 같다고 기뻐해주신다. 지금 이 나이에도 행복을 빌어주는 사람이 있다는 건 싫지 않은 일이다.

서울역에서 그분과 헤어졌다. 경의선 기차에 몸을 싣고 집 가까이 오니 어느새 날은 어둡고 별빛만이 유난히 반짝인다. 별들도 추워서 떨고 있지만 마음만은 푸근하다. 조금 전에 보았던 낯선 얼굴들은 머릿속으로 사라지고, 예전 모습만이 내 기억 속에 각인되어 지워지질 않는다. 빛바랜 사진 속에 웃고 있는 너희들은 영원한 청춘이어라.

돈이 뭐길래

　우리 동네 내 단골 미장원은 사랑방 역할을 한다. 이웃에 사는 노인들이 오고가며 들러서 아는 얼굴이라도 있으면 반갑게 인사를 나누며, 그동안의 안부도 묻고 쌓였던 이야기 보따리를 풀어내는 곳이기도 하다. 원장은 성격이 수더분하고 인상도 참 좋다. 어르신들 봉사 차원에서 파마도 싸게 해주기 때문에 먼 곳에서도 노인들이 소문을 듣고 찾아와 언제나 손님들로 북적인다. 어찌 보면 노인들의 전용 미용실이기도 하다.

　노인들은 정이 많아서인지 몇 마디 말이 오가면 낯선 사람일지라도 곧 친해져 마음속에 담겨진 말들도 잘 꺼내 놓는다. 그러나 나는 낯가림이 심해 낯선 사람들 앞에 어색해져 시선을 어디로 둘지 몰라 책을 보는 게 습관이 되었다. 그런데 오늘따라 내 옆에 앉은 할머니 목소리가 어찌나 크던지 도저히 글이 머릿속에 들어오지 않는다. 계속 그분의 이야기가 저절로 귀에 들어왔다.

　그러니까 말씀인 즉 10년 전 김 할머니께서는(할머니 성씨가 김씨임) 육십 고개를 넘기고 나니 밤이면 밤마다 이리 뒤척 저리 뒤척 까만 밤을 하얗게 지새우는 날이 허

83

다했다. 지금까지 잘 자던 잠이 어디로 달아났는지 하루 이틀에 끝날 게 아니니 걱정이 이만저만이 아니었다. 생각다 못해 옆집에 사는 친구에게 부탁하여 그가 다니는 식당에 취직을 하게 되었다. 하루 종일 힘들게 일을 하면 잠이 잘 올 것만 같아서다.

처음엔 돈에 관심도 없었다고 한다. 오직 단잠을 잘 수만 있다면 몸이야 좀 고단하면 어떠랴 싶었다. 그저 주방장 밑에서 허드렛일을 했는데, 차츰 일이 익숙해질 무렵 하루는 주방장이 말도 없이 출근을 하지 않았다. 다급해진 식당 주인은 김 할머니에게 임시변통으로 주방 일을 맡길 수밖에 없었다. 얼떨결에 주방장이 된 셈이다. 수십 년 동안 가족을 위해 음식을 해보았지만 식당 음식하는 데에는 서툰 그녀는 걱정이 앞섰다 한다. 그러나 코앞에 닥친 일을 어떻게 피할 수가 없어, 용기를 내어 지금까지 집에서 먹던 대로 음식을 만들었다. 그런데 의외로 손님들 반응이 좋았고 점점 입소문이 나기 시작하여 손님들이 밀려들기 시작했다. 주위에 식당들이 즐비하게 늘어서 있는데 점심시간만 되면 다른 집에는 손님이 없어도 이 집엔 항상 관광버스까지 줄지어 서 있었다.

주인은 신이 나서 복덩이가 나갈까 봐 매달 월급도 올려주기까지 했다. 김 할머니는 점점 돈이 불어나는 통장을 볼 때마다 마음이 뿌듯하고 얼마나 자신이 대견스러 웠는지 몰랐다. 평생 남편이 주는 생활비로 알뜰히 살림 만 했지 자기가 벌기는 처음이었다. 짠돌이 남편은 쥐꼬 리만큼 생활비를 주면서 항상 아껴 쓰라고 잔소리만 했 을 뿐, 자기가 해준 음식을 수십 년 동안 먹고 살면서도 칭찬 한번 해주지 않은 인색한 위인이었다. 그렇지만 식 당 주인이 자기 손맛을 인정해주고 손님들이 인정해주니 힘은 들지만 신바람이 났다. 그리고 돈맛이 이렇게 좋은 줄은 예전엔 미처 몰랐다. 중이 고기 맛을 보면 이도 잡 아먹는다는 말이 꼭 자기를 두고 하는 말인 것 같았다.

그런데 이걸 어쩌랴, 몸에 적신호가 오기 시작했다. 남 들 같으면 하던 일도 그만둘 나이인데 뒤늦게 시작한 일 을 하느라 꽤 시간이 흐르면서 몸을 힘들게 했다. 식당 에 널려 있는 것이 음식인데도 손님이 밀려오면 먹을 시 간이 없었다. 그뿐만이 아니라 화장실 갈 시간이 없어 참고 참다 보니 오줌소태가 생겼다. 약만 먹고 버티다 보니 소변이 빨갛게 변해서 병원에 갔더니 방광염이라 했다. 할 수 없이 병원에 입원까지 하게 되었다.

책임감이 투철한 김 할머니는 며칠 만에 퇴원하여 다 시 식당으로 돌아왔다. 이렇듯 그는 아프면 약을 먹으며 버텨나가다 보니 늙은 몸이 한계에 이르렀다. 다리가 자기도 모르게 서서히 휘어지더라는 것이다. 그리고 함께 일하던 친구 한 분은 영양실조로 세상을 떠나고 한 분은 중풍으로 누워 지낸다고 한다. 그래도 자기는 이만한 것이 다행이라며 7년 동안 모은 돈이 꽤나 많은지 표정은 밝기만 하고 자랑까지 한다.

말주변이 좋았다. 어찌나 자기 이야기를 남의 이야기하듯 재미있게 하던지 서글픈 이야기인데도 불구하고 거기 모인 사람들이 모두 웃음보를 터트렸다. 그러던 차 화장실에 간다며 일어서 걸어가는 김 할머니의 뒷모습을 바라보다 너무 놀랐다. '세상에 저럴 수가. 저 다리로 어떻게 여기까지 왔을까. 어쩌면 저 지경이 되도록 참고 일을 했을까.' 휘어진 두 다리는 잘 걷지도 못하고 뒤뚱뒤뚱 쓰러질 듯 위태롭게 한 발짝 한 발짝 간신히 옮기고 있다. 휘우듬히 걸어가는 그의 뒷모습을 바라보니 지금까지 이야기를 들으며 깔깔대며 웃었던 내 자신이 너무 미안했다.

몇 달이 지나 머리가 자라 어수선해졌다. 손질할 때가 다 되어 다시 찾은 미장원. 원장님은 여전히 후덕한 얼굴로 반기고 예나 지금이나 손님들로 왁자하다. 짠한 얘기지만 웃음보를 선물한 김 할머니의 뒷모습이 여태껏 눈에 선하다. 돈이 뭐길래…….

넝쿨콩

우리 집은 일 층이다. 앞에는 산이 막히고 옆쪽으로 건물에 가려져 오전에만 햇빛이 들어온다. 게다가 화단에 심은 나무들이 자라 무성한 잎사귀로 햇빛까지 막아버린다. 그러니 밖에 해가 떴는지 날씨가 흐렸는지 알 길이 없다. 하는 수 없이 동대표에게 창문을 가리고 있는 나무만이라도 베어달라고 부탁을 했더니 금세 베어주었다.

어두웠던 집에 햇빛이 들어오니 다른 집에 사는 것처럼 새롭게 느껴졌다. 나는 햇빛이 아까워 창 밑에다 넝쿨콩을 심었다. 때늦은 감이 있지만 그래도 꽃이라도 보고 싶은 마음이 앞섰기 때문이다. 며칠 후 싹이 나오더니 하루가 몰라보게 쑥쑥 자랐다. 지주 삼아 꽂아준 나뭇가지를 타고 창살을 휘어 감으며 힘차게 오르더니, 늘어진 줄을 잡고 이 층을 향해 돌진하는 것이 아닌가. '야! 저 줄기를 타고 어디까지 올라갈 수 있을까?'

그 모습을 바라보며 어릴 적 동화책에서 콩 줄기를 타고 하늘까지 올라간 어린아이 생각이 났다. 그런데 어찌 된 일일까, 이 층까지 올라간 콩 줄기가 하루는 고개를 떨어뜨리고 아래를 내려다보고 있지 않은가. 이상하여 자세히 보니 이층집에서 더 이상 올라오지 못하게 줄기를 아래쪽으로 돌려놓은 것이었다. 조금은 섭섭했지만 제자리로 돌아오게 된 것을 다행이라 생각하기로 했다.

나는 콩이 자라는 것이 대견스러워 남은 음식물이 있으면 거름이 되라고 콩 옆에 묻어 주었다. 그 정성을 아는지 콩은 더욱 싱싱하게 자라고, 빨간 꽃이 하나둘 피기 시작하였다. 창밖이 온통 꽃밭이다. 식구들은 신기한 듯 창문을 바라보며 즐거워하고 지나가는 사람들도 한번씩 꽃들을 바라보며 걸음을 멈추곤 한다.

헌데 꽃이 피기 시작한 지 꽤 오래되었는데 열매를 맺지 않는다. 날마다 가까이 가서 아무리 살펴보아도 눈에 띄지 않으니 참 이상하다. 벌들은 윙윙거리며 날아드는데 왜 열매를 맺지 못할까? 동네 할머니께 까닭을 여쭈어보니 가로등 불빛 때문이라 한다. '아하! 그걸 몰랐구나!' 사람은 날마다 잠을 자면서 콩은 재우지 못했으니, 말 못하는 식물이라지만 너무나 미안했다. 아마 신경쇠약증에 걸렸나 보다. 오늘도 넝쿨콩은 예쁜 꽃을 피우며 사람들을 즐겁게 해주는데 내년에는 씨가 없어 볼 수가 없겠구나. 인간을 위한 문명의 이기가 참으로 난감하고 넝쿨콩에겐 서글프고 안타까운 일이다.

주홍글씨

6·25 한국전쟁이 휴전한 후 조용하던 마을이 시끌벅적거리기 시작했다. 미군 부대가 들어오고 비행장이 생겼기 때문이다. 부대로 들어가는 철로가 놓이고, 비행장 활주로가 생기고 하루 종일 중장비 차들의 소음이 들리고, 왁자지껄 떠드는 미군 병사들의 알아들을 수 없는 말들은 어린아이들에게 호기심을 불러일으켰다. 유난히 하얀 이를 드러내고 웃는 흑인들을 처음 본 아이들은 자지러지게 울기도 했다.

우리 동네는 경부선 기찻길 옆이었다. 아침에 일어나 보면 밤새 미군들을 실어 나른 기차를 청소했는지 쓰레기와 함께 소고기 통조림을 비롯하여 비스켓, 초콜릿, 일회용 커피와 설탕 그리고 껌 등 생전 보지도 못한 물건들이 널려 있었다.

주전부리가 귀했던 시절이다. 아이들은 눈깔사탕 하나를 입속에서 녹이며 작아지는 걸 아까워하고 엿장수 가위 소리라도 들리면 집안 구석구석 뒤져 찌그러진 양은 냄비며 헌 고무신을 찾아내곤 했다. 뿐만 아니라 칡뿌리, 싱아, 삐리를 찾아 헤매는 아이들에겐 쓰레기가 정말 하늘에서 내려온 선물이다. 아마도 미군들이 뜯지도 않은 물건을 일부러 버려주었는지도 모른다고 생각하기도 했다. 그땐 유통기한에 대해 무지했기 때문인 걸 뒤늦게 알게 되었다.

미군 부대가 들어오고부터 사람들이 모여들기 시작했다. 도시가 형성되기 전이라 살집이 없어 시골 동네까지 사람들이 밀려들어와 사글셋방을 놓게 되었다. 너도나도 사랑방을 비워주고 그것도 모자라 건넌방까지 내주었으니 우리 집도 예외는 아니었다. 문간방을 빌려주고 할머니가 쓰시던 건넌방을 빌려준 후 안방에 모두 모여 나란히 누워 있는 식구들의 모습은 콩깍지 속에 들어앉은 콩알처럼 오밀조밀 다정해 보였다.

옆집 순자네 할아버지는 목수였는데 빈터에다 방을 여러 개 만들어 세를 주었다. 시골에서 이렇다 할 수입이 없는 터에 얼마나 요긴한 돈벌이였겠는가. 그러던 어느날, 순자네 집에 한 가족이 이사를 왔다. 내 또래쯤 되어 보이는 남자애 둘과 머리를 치렁치렁 땋아 내린 분이라는 작은누나와 얼굴이 유난히 희고 양장을 한 예쁘게 생긴 큰누나, 이 네 식구가 한 가족이다. 남자애 둘 중에 작은애는 심술쟁이처럼 생겼고 큰애는 곱상하고 얌전하게 생겼다.

순자는 내 친구여서 그 집에 자주 놀러 갔는데 분이라는 누나가 나를 동생처럼 귀여워했다. 그리고 동네 아이들과 함께 교회를 데리고 다녔다. 그녀는 우리 마을에 처음으로 들어온 전도자였다고나 할까? 큰언니의 직업은 양색시였다. 그때는 미군하고 사는 여인을 양색시, 양공주라 불렀다. 더러는 아주 상스러운 호칭도 있었다. 맨 처음 누가 지은 이름인지 몰라도 꽤나 거북스런 이름이다. 이들 사 남매는 피난길에 부모님은 폭격 맞아 돌아가시고 큰누나마저 행방불명 되었는데 삼 남매가 구걸을 하며 수원까지 와서야 길에서 극적으로 큰누나를 만났다고 한다.

너무나 드라마 같은 그들의 사연을 듣고 동네 사람들은 자기 일처럼 눈물을 흘리며 그들을 동정하게 되었고 따뜻하게 대해주었다. 꼬마들은 그들의 사정을 아는지 모르는지 그냥 그 애들과 친하게 지내며 놀았다. 자치기와 사방치기, 땅따먹기, 공기놀이, 아이들의 놀이는 무궁무진했다. 전쟁놀이를 할 땐 나는 언제나 특무상사 계급장을 달았다. 그 계급장이 제일 멋있어 보였기 때문이다.

어느 날 아침에 일어나 보니 동네가 떠들썩했다. 옆집 남자애 큰누나가 수면제를 먹고 자살기도를 했다고 한다. 황급히 동네 청년이 업고 병원으로 뛰어가고 아이들은 울고불고 난리가 났다. 다행히 목숨은 건졌는데 그런 일은 한 번으로 끝나지 않았다. 그 누나는 몇 번이나 자살을 시도했지만 죽음에서도 그는 자유로울 수 없었는지 또다시 깨어나곤 했다.

나는 알 수가 없었다. 우리 집 식구가 보리밥을 먹을 때 맛난 것을 먹고 살면서 왜 죽으려고 했는지 이해하기엔 내가 너무 어렸다. 그 당시 쑥고개라는 거리는 양색시들의 집합소였다. 갖가지 사연을 가지고 모여든 그들은 아픈 상처로 얼룩진 영혼들이라는 것을 훗날 알게 되었다. 그들은 자살을 많이 했는데 하필이면 기찻길을 택하곤 했다. 밤이면 동네 아이들은 무서워 뒷간에도 못 가고 공포에 떨어야 했다. 비 오는 밤이면 하얀 옷을 입고 머리를 풀어헤친 귀신이 나타난다고 어른들이 아이들을 놀려대곤 했다.

그들은 육체마저도 흔적 없이 날려 보내고 싶었는가 보다. 그들은 동료가 죽으면 흰옷을 입고 꽃상여를 만들어 그들이 상여를 메고 갔다. 그들의 이러한 행위는 동병상련에서 비롯된 의리였을까, 사회에 대한 반항이었을까, 아니면 한풀이였을까?

세월은 흘러 분이네 사 남매는 남자애들이 초등학교를 졸업할 무렵 다른 곳으로 이사를 갔다. 그 가족은 우리 동네가 고향인 양 가끔 소식을 전해왔다. 분이 처녀는 좋은 사람 만나 시집을 갔고, 큰누나가 두 남동생을 대학 공부와 결혼까지 시킨 후 미국으로 떠났다는 것이다. 아마도 다른 사람들이 자기 과거를 모르는 먼 곳에 가서 살고 싶었는지도 모른다.

지금 쑥고개 거리는 조용하기만 하다. 썰물이 지나간 갯벌처럼 흔적도 없이 역사의 뒤안길로 그녀들은 뿔뿔이 흩어져 갔다. 그러나 어느 하늘 아래 상처 투성이가 된 영혼을 누가 치료해줄 것이며 지우려야 지울 수 없는 마음의 주홍글씨는 그 누가 지워줄 것인가. 아무도 책임을 묻지 않는다. 시대를 잘못 타고나 희생양이 된 그들에게 과연 돌을 던질 자 누구인가?

양군이와의 추억

갑자기 밖에서 떠들썩하더니 남자의 울음소리가 들려왔다. 나는 깜짝 놀라 하던 일을 멈추고 밖으로 뛰어나가보니 아침에 운전면허 학원에 간다고 나갔던 막내아들이 고양이를 안고 엉엉 울고 있는 게 아닌가.

"애, 이게 뭐니?" 물었더니 "엄마! 양군이가 죽었어요." 하며 또 슬피 울기 시작하였다. 나는 이상하다 싶어 "이거 양군이 맞니?" 다시 물으니 "엄마, 자기 새끼 몰라보는 애비 있어요!"라며 버럭 소리를 지르는 것이다.

지난해 봄이었나 보다. 앞산 골짜기에 진달래가 붉게 물들 무렵 옆집 우근이네도 밭갈이를 하려고 창고 속에 겨우내 잠자고 있던 농기계를 꺼내러 들어갔다. 그 순간 갑자기 고양이 한 마리가 튀어 달아나고 있었다. 깜짝 놀란 우근이가 농기계 속을 들여다보니 고양이 새끼들이 오물오물 모여 있더란다. 그때 마침 막내아들이 지나가는 것을 보고 한 마리를 주었는데 그게 바로 우리 집 귀염둥이 양군이다.

우리는 그때 법원읍 갈곡리에서 국수공장을 할 때였다. 금촌에 살며 출퇴근을 할 때라 일도 바쁜데 눈도 못

뜨고 걷지도 못하는 걸 어떻게 키우나 걱정을 했지만 너무 귀여워서 정성을 다해 키웠다. 양군이는 차츰 자라면서 우리 집 막내처럼 행세를 했다. 하루는 딸이 거래처에 간다며 서울에 갔다 오는 길에 시커멓고 못생긴 강아지를 사왔는데 슈나우저라는 견종이었다. 이를 본 양군이는 씩씩거리며 꼬리를 설레설레 흔들며 화를 내더니 가출을 하고 말았다. 며칠이 지나도 돌아오지 않아 걱정을 했는데 하루는 뱃가죽이 등에 붙어가지고 겨우 기어 들어왔다.

그 후로 철이 들었는지 아니면 마음을 고쳐먹었는지 양군이는 다시 일상으로 돌아왔다. 집 나가면 개고생이란 걸 깨달은 모양이다. 양군이는 점점 멋있는 사나이로 자라고 있었다. 살이 올라 볼따구는 터질 듯하고 엉덩이를 씰룩거리며 제가 무슨 부잣집 도련님인 듯 으스대며 걸어다니는 걸 보면 절로 웃음이 나온다. 여자 친구도 생겨서 집에 데리고 와 제 밥을 먹이기도 했다. 이 동네에선 대장이다. 그리고 아빠가 되어 새끼들을 데리고 나타나기도 한다. 하루는 생선 통조림을 창고 속에 넣어 주었더니 저는 먹지도 않고 새끼들만 먹이고 있었다. 아빠 노릇도 참 잘하는 양군이다. 새끼들이 먹는 것을 흐뭇한 표정으로 바라보는 모습은 사람이나 마찬가지다.

어떤 날은 출근하여 사무실에 가보면 꿩도 잡아다 놓고 다람쥐도 잡아 놓고'주인님, 나 참 잘했지요?'라는 듯 골골대며 볼을 비벼댄다. 어느 땐 큼직한 북어를 가져와 자랑하기도 한다. 짐작컨대 어느 집 제상에서 물어왔는지 몰라도 이렇듯 양군이는 한 식구다. 그런 양군이가 죽다니…….

우리 가족들은 한동안 실의에 빠져 패닉 상태였다. 모이면 양군이 이야기를 하고 슬픔을 나누며 지내고 있던 중, 하루는 밖에서 야옹! 하는 소리가 들렸다. 우리는 일제히 반사적으로 일어나 뛰어 나가보니 아! 죽었다던 양군이가 돌아온 게 아닌가. 아니 이게 꿈인가 생시인가 서로 품에 안고 감격의 눈물을 흘렸다. 그러니까 죽은 고양이는 양군이를 닮은 고양이였다. 아마도 그의 새끼였는지도 모른다.

잘 먹어 튼튼한 양군이는 여러 명의 색시를 거느리고 살았나 보다. 그래서인지 동네에서 뛰어다니는 고양이들을 보면 양군이를 닮은 고양이가 많다. 이런 일이 있고부터 양군이는 집에 있는 날보다 나가서 며칠씩 외박하는 날이 잦았다. 어디에 예쁜 색시를 만나러 다니는 모양이다. 사람보다 제 종족이 더 좋았든지 어느 결에 우리 곁을 영영 떠나버리고 말았다. 양군이가 떠난 지 수

년이 흘렀지만 지금도 기억 속엔 우리와 함께 살고 있
다. 수많은 추억과 함께……

.

곰탱이

사람도 오래 기억되는 사람이 있고 금세 잊혀지는 사
람이 있다. 그렇듯 집에서 키우는 애완동물도 마찬가지
다. 어떤 애들은 기억조차 희미한데 특별히 기억에 남아
식구들의 이야기에 자주 등장하는 애들이 있다. 그중 하
나가 우리 집 곰탱이다.

곰탱이는 남편 친구분이 주셨는데 그 집에서 제일 튼
실한 놈으로 골라주었다고 한다. 일본산 아키다와 진돗
개 사이에서 태어났다고 하는데 백곰처럼 생겼다. 털이
어찌나 많은지 목욕을 시켜도 물이 스며들지 않는다. 이
름을 지을 때 복스럽게 생겼다고 복실이라 할까 몽실이
라 지을까 하다가 곰처럼 생겼다고 아이들이 곰탱이라
고 짓자고 우기는 바람에 그렇게 부르기로 결정을 했다.
암컷 이름에 어울리지는 않았지만 넓은 공장이 허전했
는데 잘됐다 싶었다. 그때 마침 고양이 양군이도 어렸을
때여서 둘이는 오누이처럼 의지하며 잘 놀았다. 옛날 동
화책에 고양이와 개는 앙숙이라 했지만 이 애들은 어려
서 그런지 친하게 잘 지냈다. 추울까 봐 방에 들여놓고
손가락으로 금을 찍 그린 다음 "너희들 여기 넘어오면

안 돼" 하면 알아들었는지 절대로 금을 넘어오지 않는다. 금 경계 안에서만 둘이서 꼭 껴안고 자는 모습은 정말 신통하고 사랑스럽다. 조금 커서는 우리가 출근할 때 곰탱이가 양군이를 품에 안고 이층 올라가는 계단 밑에서 기다리다 꼬리를 흔들며 인사하면 아침부터 행복해진다. 그리고 동네 개들이 양군이에게 덤비려고 하면 곰탱이가 가랑이 속에 양군이를 숨기고 쫓아주었다.

이런 곰탱이도 어느새 처녀가 되었다. 앞집에 마루(시베리안 허스키)라는 놈이 어슬렁어슬렁 눈독을 들이기 시작했다. 껑충하게 키만 크고 눈은 안경을 낀 것처럼 멍청하게 생긴 놈이 옆에 와서 집적거리면 한 성질 하는 곰탱이가 성깔을 부리며 쫓아버리곤 했다. 곰탱이는 암컷 같지 않고 수컷처럼 덩치도 크고 사나웠다.

그러나 주인에겐 순한 양이다. 가끔 손녀들이 와서 등에 타도 얌전하게 순종했다. 그런데 열 번 찍어 안 넘어가는 나무가 없다고 마루는 냉대를 받으면서도 매일 와서 공을 들이더니 둘이 친해졌다. 애인이 아니라 친구다. 곰탱이 눈엔 마루가 남자로서 눈에 차지 않는 것 같다. 둘이는 친구가 되어 이산에서 저산으로 뛰어다니며 노는 것을 보면 평화롭다. 요즘 같으면 목줄도 없이 놓아 기른다고 당장 신고가 들어올 터, 자연 속에서 그렇게 맘껏 뛰놀던 제들은 정말 복이 많은 개들이었다. 하루는 동네 아저씨한테서 연락이 왔다. 산에서 고라니가 내려 왔는데 곰탱이를 데리고 오란다. 온 동네에 곰탱이 소문이 났다보다. 사자처럼 사납고 말처럼 빠른 곰탱이가 아니면 고라니를 잡을 자가 없다는 것을 그래서 동네 대표로 뽑혀서 가더니 개선장군이 되어 돌아왔다.

그런데 걱정이 생겼다. 첫생리를 시작했는데 누가 저 사나운 곰탱이의 신랑이 되느냐 하는 거였다. 왠만한 신랑감은 거들떠 보지도 않을텐데 짝짓기 끝나고 수놈 잡아먹는 사마귀 생각이 났다. 그런데 마침 동네 가게집에 잘 생긴 수컷이 있어서 신방을 차려주었더니 임신이 되었다.

그것이 화근이 될 줄이야 두 달 후에 새끼를 잘 낳긴 했는데 탈장이 생겼다. 시뻘건 살덩이가 삐져나와 매달려 있는 것이다. 그래도 곰탱이는 밥 잘 먹고 씩씩하게 잘 버텼다. 우리는 보다 못해 불쌍해서 종업원 출퇴근 시키는 봉고차에 태워 가축병원에 가서 수술을 시켰다. 워낙 힘이 좋아 마취도 잘 안 되었다. 간신히 수술을 하고 마취도 깨기 전에 데리고 왔다. 죽은 것처럼 축 늘어진 모습은 정말 불쌍해서 못 보겠다. 그래도 빠르게 회복되어 다시 제모습으로 돌아왔다.

그런데 사나운 고양이 콧등 성한 날 없다고 그 사나운 성질이 명을 재촉하는 것 같다. 너무 힘이 세서 컨테이너에 묶어 놓았는데 동네 개들이 어슬렁 거리기라도 하는 날이면 동네가 떠나갈 듯이 짖어대고 날뛰어서 컨테이너가 들썩 거린다. 겨울이면 추울까봐 헌 이불을 깔아주면 밖으로 내놓고 따순밥 먹으라고 식기 전에 갔다주면 발로 엎어버리고 식혀서 먹는다. 새끼들이 제밥 먹으려고 모여들면 물어버린다. 그래서 새끼들은 어미가 무서워 컨테이너 밑에 들어가 잘 나오질 않는다. 참으로 못된 성질머리를 타고 난 것 같다. 저게 무슨 어미인가 싶기도 하다.

그러던 어느날 동네 개들이 떼 지어 몰려왔다. 묶여있는 곰탱이를 약이라도 올려주려는지 떼거리로 몰려온 것이다. 그 꼴을 가만히 보고 있을 곰탱이가 아니다. 더구나 길가 집에 묶여서 지나갈 때마다 앙앙대며 짖어대던 밉상이도 거기 섞여 있었다. 그를 보는 순간 눈에서 불꽃이 튀었다. '아니 저것들이 여기가 어디라구' 곰탱이는 자기가 묶여 있는 것도 잊어 버리고 펄펄 날뛰기 시작했다. 온 동네가 떠나갈 듯이 컨테이너가 끌려갈 듯이 그러다가 그만 수술한 곳이 터져 버리고 말았다. " 에구 사나운 성질 때문에 네 몸이 고생이다. "

불쌍하기도 하고 얄밉기도 했지만 여름이라 파리 떼가 달라붙어 볼 수가 없어서 수술을 해주기로 했다. 사람들은 똥개를 몇십 만원씩 들여서 수술을 두 번씩이나 시킨다고 비아냥 거렸지만 우리에겐 곰탱이는 가족이었다. 그래서 이번엔 수의사를 모셔와 수술을 해주었다.

그러나 깨어날 줄 알았던 곰탱이는 이튿날 출근해서 보니 차갑게 몸이 굳어 있었다. 사람들은 된장을 바른다며 달라고 했지만 우리는 양지바른 살구나무 밑에 고이 묻어 주었다. 그 이듬해 곰탱이는 살구나무를 키워 주었고 열매를 주렁주렁 달리게 해 주었다.

지금은 그 공장을 남에게 팔았지만 곰탱이와 살구나무는 잘 있을 것이다. 그리고 우리들 기억 속에도 오래오래 남아 있을 것이다.

장수 사진

몇 년 전에 가까운 지인이 돌아가셔서 문상을 갔다. 그런데 빈소에 놓인 영정사진을 보고 깜짝 놀랐다. 그 사진은 건강했던 생전의 모습이 아니라 돌아가시기 얼마 전 요양원에서 몸도 가누지 못하는 분을 억지로 앉혀 놓고 찍은 사진인 듯했다. 초라한 그 모습이 너무 불쌍해서 마음이 얼마나 아팠는지 몇 년이 지난 지금도 잊혀지지 않는다. 그분이 사시던 모습을 가까이에서 지켜보았기에 더 안타까운지도 모르겠다.

그분의 남편은 의사였고 고인은 젊었을 때 조산원을 운영하였기에 풍족한 생활을 하며 언제나 귀부인처럼 사셨다. 그러나 슬하에 자녀가 없어 친정 조카를 의지하고 살았는데 말년에 가서 친정 조카에게 재산을 뜯기고 조그만 요양원에 계시다가 쓸쓸히 세상을 떠나신 것이다.

그 당시 나는 영정사진은 건강할 때 찍어두어야겠다고 다짐을 했다. 그러나 급한 일이 아닌지라 차일피일 마루다가 몇 년이란 세월이 후딱 지나갔다. 백 년도 못사는 인생이 천 년의 꿈을 꾸며 사는 게 인생이라지만 언제 어떻게 될지도 모르는 세상에 사진 한 장도 준비해 놓지도 못하고 떠나면 자식들이 얼마나 당황할는지…….

그런데 마침 기회가 왔다. 친정 조카 결혼식에 다녀오며 정장을 차려입은 김에 남편의 사진을 찍기로 마음먹고 집에 오자마자 사진기를 들이댔다. 남편의 성격으로 보아 일부러 사진관에 갈 것 같지도 않고 유별나게 사진을 찍을 때면 표정이 경직되어 자연스럽지가 않으니 차라리 좋은 표정 나올 때까지 내가 찍는 게 나을 듯싶다. 아무리 높으신 분이라도 사진사 말은 잘 듣는다더니 오늘따라 남편도 내 말을 잘 듣는다. 마지막으로 좋은 인상을 남들에게 보여주고 싶은 마음일 게다.

사진을 맡기러 사진관엘 갔더니 아가씨가 영수증을 써 주는데 장수사진이라 써 주었다. 그렇지 않아도 영정사진이라 생각하니 마음이 언짢았는데 그걸 보는 순간 기분이 밝아졌다. 사람의 마음이 왜 이리 간사한 건지 말 한마디 글자 한 자가 사람의 마음을 밝게도 하고 어둡게도 하니 말 한마디에 천 냥 빚을 갚는다는 속담이 이래서 생겼나 보다.

며칠 후 사진을 찾아와서 "장수 사진이요, 만수를 누리소서." 하며 보여주었더니 기분 좋은 표정이 아니다. 언젠간 영정사진 속 사람이 되어 있을 자신의 모습을 생각하면 만감이 교차하는 순간인지도 모른다. 좋은 일 한답

시고 한 일인데 공연히 기분 상하게 하지는 않았나 싶어
남편의 눈치만 살폈다.

죽음도 삶의 일부라고 생각하면 안 될까? 죽음도 또
하나의 시작인 것을……. 모리 슈와츠는 말했다.

"죽음은 생명이 끝난 것이지 관계가 끝난 것은 아니
다."

울적한 마음을 달래려는지 옷을 사러 가자고 한다. 덕
분에 나도 옷 한 벌 얻어 입었다. 사진 값 톡톡히 받은
셈이다.

6부

◇

천 년의
미소

천 년의 미소

여행이란 즐거운 것이다. 낯선 것과의 만남이요, 미지의 세계에 대한 환상이고 일상에서 벗어난 해방이기도 하다. 봄에 가려던 파주문협 문학기행이 세월호 참사로 미뤄져 이제야 가게 되었다. 아이들이 소풍날을 손꼽아 기다리는 것처럼 나이가 들었다고 마음마저 늙는 것은 아닌 듯싶다.

어젯밤에 잠을 설쳤다는 회원들의 말을 들으니 나만이 아니라 다른 분들도 마찬가지인 것 같다. 마음이 들떠서 잠이 오지 않을 수도 있고, 시간 맞춰 못 일어날까 걱정이 되어 잠이 오락가락할 수도 있다. 어찌 되었건 여행은 동심으로 돌아간 듯 많은 설렘을 안고 떠난다. 차 안에서 인사 소개 중에 장 부회장님이 기행문의 월척을 낚으라는 말씀이 있었다. 그 말씀은 나에게 도전과 숙제에 대한 부담으로 다가오기도 했다.

여행지는 익산 왕궁터 미륵사지, 주변이다. 빈터만 남은 미륵사지와 견훤왕릉에서 무엇을 낚을 수 있을까? 때마침 이 선생님이 정성껏 준비하신 자료를 보면서 무언가 있겠구나 싶었다. 「견훤구인생설화(甄萱蚯蚓生說話)」

에 얽힌 이야기는 재미있고 후백제의 역사를 공부하는 유익한 시간이었다.

아울러 미륵사지유물 전시관에서 보물을 만났다. 오묘한 보물이 전시관을 다 돌고 나올 때까지 나를 기다리고 있었다. 화려한 '금동제사리외호'와 '금제사리내호'는 그 시대에 어떻게 저런 기술이 있었을까 싶게 정교하고 화려한 작품들이다. 유리구슬은 0.6센티밖에 안 되는 작은 구슬에 어떻게 구멍을 뚫고 꿰었는지 참으로 신기하다. 옛날부터 우리 조상들이 젓가락으로 다져진 야무진 손끝이 이룬 성과가 아닐까. 또한 눈길을 사로잡은 스님 몸에서 나왔다는 사리는 보석처럼 색깔도 다양하다. 어떻게 저렇듯 영롱한 빛을 발할 수 있을까?

몇 년 전 담석 수술을 했을 때 내 몸에서는 새까만 연탄 가루 같은 게 쓸개를 꽉 채우고 있었다. 어려운 수행을 통해 도인이 된 분과 일반인의 차이가 이런 것인가 보다. 일행 중 한 분이 "그것은 얼마나 참고 견디느냐에 달린 것이 아닐까" 말하니 모두 그 말에 맞장구를 쳤다. 인간의 욕망 중에 가장 기본적인 게 식욕과 성욕과 그리고 물욕이라는데, 이 모든 걸 참고 억제하며 산다는 것은 끊임없는 자기와의 싸움일 것이다. 세속에 찌든 중생에 불과한 사람이 어찌 오묘한 섭리를 헤아릴 수 있을까.

그러면 천주교 신부님은 사리가 있을까? 아이 같은 호기심을 뒤로하고 다음 유물로 발길을 옮겼다.

깨진 기왓장 옆에 다정한 미소로 나를 반겨주는 잡상(雜像) 같기도 한 것을 보았다. 그는 오랜 세월 동안 지붕 위에 앉아 모든 풍상을 겪고 때로는 그것도 모자라 땅속에 묻혀 지내기도 했나 보다. 언젠가는 밝은 세상에 나갈 수 있겠지 하는 희망으로 미소를 잃지 않고 기다린 것이리라. 한쪽 이마가 깨진 그는 아무렇지도 않은 듯 웃고 있다. 그 오랜 시간 속에 얼마나 많은 일들이 있었을까? 보고 듣고 경험한 이야깃거리가 얼마나 많이 있었을까?

아마도 후백제의 견훤 왕이 왜 36년 만에 망했는지도 알고 있을 것이고, 서동과 선화공주의 러브스토리도 기억하면서, 지루한 시간 속에서도 그를 미소 짓게 하는 아름다운 추억들이 그를 행복하게 했는지도 모른다. 그리고 깨진 기왓장 옆에 전시용이 아니라 높다란 기와지붕 위에 다시 올라가 자기 자리를 지키고 싶지 않았을까? 그러나 그는 말없이 웃고만 있다. 지나간 것은 그리움뿐이라고, 그리고 앞으로 전개되는 변화무쌍한 세상이 더 기대된다고…….

주위를 둘러보니 아쉽게도 여기 미소의 주인공을 알아

주는 이가 별로 없는 것 같다. 모나리자가 유명해진 이유는 신비한 미소 때문이라는데 이 미소에는 눈길 한번 주지 않고 지나가는 사람들이 많다. 관심조차 없는 것 같다. 그러나 그는 남이 알아주건 알아주지 않건 그냥 그 자리에 무심히 앉아서 여전히 정다운 미소로 스쳐가는 사람들을 바라보고 있다.

나는 그의 이름을 잊지 않으려고 외우면서 나오다가 그만 잊어버리고 말았다. 필기도구를 준비하고 왔지만 차 안에 두고 나왔으니 준비성이 없고 머리 나쁜 나를 원망할 수밖에 없다. 흥부전에서 놀부가 흥부 집에 왔다가 화초장이 탐이 나서 가지고 갈 때 이름이 생소하여 "화초장, 화초장" 하며 외우고 가다 도랑을 건너뛰면서 잊어버리는 장면을 보고 배꼽 잡고 웃었던 일이 오늘 내게도 벌어진 것이다. 너무나 안타까워 일행들 보고 물어보았지만 아무도 본 사람이 없단다.

화려한 그늘에 가려 뭇사람들의 관심을 받지 못하는 그가 안타깝다. 하지만 그의 이름이 갑돌이면 어떻고 갑순이면 어떠랴? 내 기억 속에 따뜻한 미소가 사라지지 않으면 될 일이지. 천 년이 지나도 미소를 짓고 있는 저 위대함 앞에 좀처럼 발길이 떨어지지 않았다.

선교여행을 떠나다
- 윈난성, 쿤밍

나는 솔직히 이곳에 올 때 여행하는 가벼운 마음으로 왔다. 그러나 이는 이곳 사정을 잘 모르는 무지였고 잘못된 판단이었다. 최 선교사가 사는 숙소로 들어올 때부터 긴장감이 시작되었다. 이곳 아파트 경비원은 젊은 청년이었는데 여기엔 공안원도 함께 있어 수상한 사람이 들어오면 검문을 한다고 한다. 그리고 엘리베이터 안에는 감시 카메라가 설치되어 있어 경비실에서 다 보고 있다고 한다. 우리들 가방 속엔 성경책이 많이 들어 있었는데 등골이 오싹했다.

우리 일행은 여장을 풀고 최 선교사 방에 모여 지도를 펴 놓고 사역자들 가 있는 곳을 손으로 짚어가며 설명을 들었다. 이곳에서 보는 우리나라 지도는 왜 이렇게 더 작아 보이는지 한 귀퉁이에 붙어 있는 조그만 나라, 그러나 대한민국은 큰 나라다. 덩치만 크다고 큰 나라가 아니듯 우리가 중국보다 얼마나 더 잘 사는데……. 세계에서 두 번째로 선교사를 많이 보내는 나라가 아닌가. 현재 이곳엔 일곱 팀이 짝을 지어 사역을 하고 있다고 한다. 그들을 양성하기 위해 얼마나 많은 공을 들일까. 아파트 세 채를 얻어 하나는 신입반이 사용하고 또 한 채 졸업반, 또 한 채는 최 선교사가 여기 오는 손님들의 숙소로 사용하고 있었다.

그 많은 식구들의 의식주를 해결해 줘야 하고 사역자들 생활비, 집세 등등 막대한 비용을 어떻게 해결하는지 자신도 모른다고 한다. 그냥 한 달 두 달 지나고 보니 십 년이란 세월이 흘렀다고 한다. 그뿐인가, 공안원의 눈을 피해 이사도 수없이 다녔다고 한다. 작년에도 인구조사를 한다고 해서 태국으로 피난을 갔는데 올해도 또 해야 된다 하니 탈북자와 불법 외국인을 색출하기 위한 조치인 모양이다. 허구한 날 공포 속에서 산 세월이 가져다준 것은 심장병이다. 이분은 한국에 있을 때 유치원과 기도원을 하면서 편안한 삶을 살았다. 그때 맺어진 인연으로 지금까지 이어지고 있는 것이다.

"하나님 아버지, 나는 아무것도 몰라요. 아무것도 할 수 없어요."

오늘도 하나님 앞에 울부짖는 연약한 이 여인을 하나님께서 보듬어주시고 우리들이 할 수 없는 큰일을 그에게 맡기셨다. 나는 이 여인 앞에 너무 작은 존재인데 그는 내 앞에 너무나 큰 거인이다. 한 켠에 초라하게 서 있는 낡은 장롱은 이 여인의 삶을 대변해 주는 듯 여기저기 찍혀서 아픈 상처를 가지고 있다.

우리는 이튿날 강의하러 가시는 목사님을 따라 신입반에 가 보았다. 머리를 엉덩이까지 기른 처녀 아이를 데리고 공부하는 부부, 열서너 살쯤 되어 보이는 어린 남학생을 비롯하여 각처에서 모여든 학생들이 열여섯 명이다. 주일이었다.

예배 후 선교사님이 한 청년에게 물었다. "앞으로 네 비전은?" 그 청년은 벌떡 일어서더니 "네, 저는 동남아와 인도 그리고 예루살렘까지 하나님 말씀을 전하겠습니다." 모두들 박수를 치며 그를 격려해주었다. 그리고 제일 작은 꼬마 학생에게 "너는?" 하자 그 학생도 씩씩하게 벌떡 일어나더니 "예, 저는 아직 신발도 못 신었습니다." 그 말에 모두들 폭소를 터트렸다.

오후엔 졸업반에 갔다. 2년이 가까워 오는 동안 믿음이 없고 참을성이 없는 사람은 다 걸러내고 아홉 명만 남았다. 이 중에도 사역자로 선택받을 자는 몇 명 안 된다 한다. 열악한 환경 속에서 지금까지 견디어온 그들은 알곡 같았다.

씨쌍반나

이튿날 우리는 씨쌍반나를 향해 비행기를 타고 떠났다. 이곳은 중국의 하와이 라고 불리는 아름다운 도시다. 길가에 가로수는 모두 야자수이고 야자 열매가 주렁주렁 달려 있다. 야자나무 아래서 먹는 야식은 참 맛이 있다.

여기서 하룻밤을 쉬고 이튿날 우리는 예쁘고 상냥한 아가씨를 따라 그들이 섬기는 교회로 갔다. 교회라고 해야 방 두 칸을 얻어 하나는 그들이 사용하고 하나는 교회로 사용하고 있었다. 예배실에 들어가니 의자가 우리네 목욕탕에서 사용하는 낮은 플라스틱 의자다. 우리는 쪼그리고 앉아 대화를 나누었다. 이곳에 온 지 2년이 되었는데 그동안 교인이 15명이 되었다고 한다.

공안원 눈을 피해 숨어서 어떻게 전도를 하는지 신기하기만 했다. 그래도 이들은 창문에다 십자가 표시를 해 놨더니 어떤 사람이 보고 교회인 줄 알고 찾아와 그 교회 교인이 되었다 한다. 최 선교사는 그들의 손을 잡고 목이 메어 울먹였다. "미안하다. 너희들에게 생활비도 넉넉히 주지 못해서," 우리는 목이 메어 그들이 대접하는 비스킷을 먹을 수가 없었다. 지난 추석 때 성도가 선물한 것이라 했다. 그들은 남의 식당 청소를 해주면서 전

도를 한다고 했다. 우리 일행은 아쉬움을 남기고 그들과 헤어져 미얀마 접경 지역인 멍하이로 향했다

멍하이

여기는 좋은 차가 많이 생산되는 곳으로 유명하다고 한다. 가도 가도 끝이 보이지 않는 차밭이 아니라 흡사 차 산(山)이다. 이들의 조상들이 대대로 일구어온 것 같다. 저 가파른 산꼭대기까지 어떻게 올라가 일을 했을까. 굽이굽이 산길을 아무리 달려도 차밭은 계속 이어지고 있다. 이들의 조상들이 주린 배를 졸라매며 저 차밭을 일구었겠지. 지나는 길가에 드문드문 바나나 나무가 몇 그루씩 서 있다. 아마도 나그네의 주린 배를 채우라고 어느 인정 많은 사람이 심어 놓았나 보다.

멍하이 시내로 들어오면서 차를 제조하는 공장이 보이고 차를 파는 백화점도 보인다. 우리가 안내된 곳은 좁은 골목길을 한참 들어가 앙상한 철재로 만든 계단을 올라가 일자로 지어져 칸막이를 하고 사는 허름한 집이다. 이곳엔 부부가 함께 사역하는 집인데 아기를 낳은 지 일주일 되는 날이어서 오늘 병원에서 퇴원하는 날이라 했다. 아기의 기저귀는 옛날 우리 어머니들처럼 헌 옷을 쓰고 있었다. 조금 크면 배꼽 밑에서 엉덩이까지 터 놓

은 바지를 입고 살아서 기저귀가 필요 없다고 한다. 일행 중 김 권사가 준비해 간 아기 옷을 주었더니 너무너무 좋아했다. 이곳 집 안에 예배실이 있었다. 이처럼 열악한 환경과 형편에서도 선교를 위해 온갖 헌신을 하는 모습에 코끝이 찡하다. 우리는 기도로 격려를 해준 후 다음 사역지인 몽나로 향했다.

몽나

몽나는 라오스 접경 지역이다. 이곳을 통하여 라오스로 간다고 한다. 앞으로 이 지역이 발전할 예정이어서 도시계획이 세워져 있는데 어느 곳으로 길이 날는지 도시계획 담당자 외에는 아무도 모른다고 한다. 최 선교사도 이곳을 기점으로 전도를 하기 위해 이 장소에 교회를 세우려고 땅을 물색 중이라 한다. 일산 어느 교회가 교회를 세우라고 2천만 원을 헌금했다고 한다. 오늘은 여기서 하룻밤을 자고 내일은 무안을 다시 다녀오기로 했다.

무안

산길을 달리고 있었다. 그런데 산에는 나무들이 연병장에 서 있는 장병들처럼 간격을 맞추어 질서 있게 서 있었다. 이상한 생각이 들어 자세히 보니 그것은 고무나무

119

였다. 산골짜기에서부터 꼭대기까지 고무나무는 심겨 있었다. 가도 가도 끝이 보이지 않는 고무나무 숲, 누가 이 민족을 게으르다 했나. 나는 그들의 저력을 이곳을 지나면서 보았다. 길가엔 고무나무가 상처투성이 온몸으로 우리 인간을 위해서 자기의 진액을 짜내고 있었다.

우리는 지금 더 깊은 정글 속으로 접어들고 있다. 이곳은 원시림으로 호랑이가 살고 야생 코끼리가 산다고 한다. 이 정글 속에도 바나나를 심어 주렁주렁 열매를 매달고 있다. 빨간 망사 모자를 쓰고 탐스러운 열매를 자랑하고 있다. 한참 가다 보니 소수 민족이 사는 작은 마을이 나왔다. 마을이래야 몇 집 안 되는 조그만 마을이었다. 그들이 여기에 얼마나 오래 살았는지 낡은 지붕 위엔 풀들이 자라고 있었다. 그런데 이상한 것은 포장이 잘 된 이 길이 왜 생겼는지 궁금했다. 이 작은 마을 소수 민족을 위해서 이 길이 뚫리진 않았을 것이다.

이런저런 생각을 하면서 가는데 우리 앞에 나타난 것은 사차선 고속도로였다. 지금까지 지나온 길은 옛날에 라오스로 가는 길이었다고 한다. 고속도로를 한참 달려가 멈춘 곳은 동화 속 공주가 사는 마을 같았다. 웅장하고 아름답게 지어진 건물들, 깨끗한 거리 거리는 온통 꽃밭이다. 가지각색의 꽃들이 활짝 웃고 노랑나비, 호랑

나비들이 우리를 반기는 듯 춤을 추고 있다. 여기는 라오스 국경, 저 선을 넘으면 라오스다. 많은 여행객들을 맞으려고 이 마을이 생긴 것 같다. 많은 트럭이 짐을 가득 싣고 여기를 통과하고 있다. 사람과 짐뿐 아니라 주님의 복음이 이 선을 넘어 라오스를 통해 태국, 베트남, 캄보디아로 멀리 멀리 퍼져 나가길 기도하며 버스를 갈아타고 다른 사역지로 갔다,

도착한 곳은 45세의 노총각과 20대 젊은 청년이 사역하는 곳이다. 허름한 시골마을. 그래도 이 근처에 인가가 많이 있는지 초등학교가 있다. 초등학교 옆길에 위치한 그곳은 이때까지 살아오면서 처음 보는 것이었다. 집 앞 수챗구멍엔 음식 찌꺼기가 널려 있고 꾀죄죄한 옷을 입은 유난히 눈이 큰 여자아이가 큰 눈을 껌뻑이며 우리를 바라보고 있다. 집이라고 하기엔 너무 허름한 그곳에서 어찌 지낼까. 그 이웃집엔 다 낡은 나무침대 두 개가 일행을 기다린다. 살림살이도 별로 없는 방은 너무 초라해서 목이 메어왔다. 세상에 이런 데서 살다니……. 목사님이 기도하시는 내내 쉴새 없이 뜨거운 눈물이 흘러내렸다. 하나님! 당신은 어떠한 역사를 이루시려고 이들을 여기에 보내셨나이까, 조금 전에 보았던 화려함은 어느새 사라지고 내 머릿속엔 초라한 두 개의 침대만이 머

릿속에 남아 있었다.

아픈 가슴을 안고 우리는 다시 몽나로 되돌아와서 교회 지을 땅을 보러 다녔다. 네 군데를 보러 다녔는데 마음에 드는 땅이 없다. 사람들의 눈을 피해 외진 곳을 택해야 하기 때문에 선택하기가 힘들었다. 이곳 사정을 잘 아는 사역자가 선택해야 될 것 같다. 우리는 여러 곳을 다니느라 지쳤고 등엔 땀이 흘러 옷이 젖었다. 사역자가 우릴 점심 대접한다며 자기 집으로 안내를 했다.

여기도 칸막이를 한 일자 집인데 그래도 다녀본 다른 곳보다는 나은 편이었다. 안은 밖에서 본 것보다 꽤 넓었다. 이 집도 아기를 낳은 지 이십 일이 되었다고 한다. 아기가 돌이라서 김 권사가 준비해온 아이들 옷을 여러 벌 주었더니 너무너무 좋아했다. 남자가 아기 옷을 보고 어찌나 좋아하던지 덩달아 모두 기분이 좋았다. 점심식사는 정성스럽게 잘 차려 나왔다. 집에서 기른 닭을 손수 잡아 국을 끓이고 돼지족발이며 나물이며 진수성찬이다. 그리고 그의 정성이 들어가 있어 더 맛있다.

사역을 시작한 지 2년밖에 안 되었는데 벌써 성도가 삼십 명이고 여섯 명의 여자아이들을 사역자로 훈련시키고 있다. 숙식을 제공하며 함께 살고 있고 중풍 맞은 할아버지와 그의 아내도 함께 살고 있다. 식사가 끝난 후

환영회를 한다고 아이들이 나와서 찬양과 율동으로 하나님께 영광을 돌릴 때 가슴이 뭉클해 왔다. 특히 한국말로 "복음을 심었습니다. 복음이 싹이 났네요."라는 노래를 부를 때 우리는 마음이 하나가 되어 함께 합창을 했다. 우리는 그들에게서 희망을 보았다. 새싹이 무럭무럭 자라는 것을.

몇 시간 전에 아파했던 마음이 여기서 위로를 받고 무안 그곳에도 하나님의 역사하심이 크게 나타나길 기도한다. 우리가 조금씩 낸 선교헌금이 세계 곳곳에서 하나님의 역사가 이루어짐을 감사하며 몸과 맘을 바쳐 헌신하는 모든 선교사분들에게 감사를 드린다.

귀가

선교여행이라는 미명하에 여정을 끝내고 돌아온 나는 무척 자책감에 시달리고 있다. 열악하기가 이를 데 없는 여건에서 고생하고 있는, 아니 몇 년씩이나 희생에 가까운 사역을 하는 선교사들의 생활이 나를 놓아주지 않는다. 그분들에 비해 그동안 나는 얼마나 편안함을 누리고 살았는가. 좋은 환경에 의식주를 만끽하며 여태까지 누구를 위해 얼마나 전도를 했나. 알량한 선교헌금 하는 것으로 할 일을 다 하는 양 전도는커녕 오히려 하나님의 영광을 가리지 않았을까. 나름 선교여행이랍시고 복음에 편승하여 가벼운 마음으로 여행의 즐거움을 기대했던 자신이 한없이 부끄러워진다. 내가 다녀온 오지의 선교사님들께 다시금 존경의 마음을 전하고 싶다.

다낭에서 3박 4일

다낭행 비행기를 타고 4시간 반 만에 도착하니 밤 열한 시. 서늘한 바람이 옷깃을 스친다. "아휴 시원하다." 후덥지근하리라 생각했더니 의외로 서늘하다. 일행의 말을 들은 가이드는 "내일 뜨거운 맛을 보여드리겠습니다."라고 했다. 농담일까, 진담일까. 내일이면 알게 되겠지.

이튿날 가이드의 말이 농담이 아닌 걸 알게 되었다. 다낭은 아침부터 강렬한 태양의 열기가 느껴진다. 지금 섭씨 34~35도, 체감온도는 사십 도가 넘는다고 한다. 여기선 맑은 날씨는 최악의 날이라 하고 흐리고 비 오는 날은 좋은 날이라고 한다. 이곳에도 한강이 있다. 시내를 가로질러 흐르는 한강을 바라보며 여기도 한강의 기적이 일어나길 기대해본다.

이 나라 사람들은 한국을 유독 좋아한다고 하니 다행이다. 그것은 아마도 같은 문화권이라는 이유도 큰 몫을 하고 있지 않을까. 유교사상이 뿌리 깊이 박혀 있어서 어른 공경하고 가족 사랑하는 걸 우리나라 드라마를 볼 때 공감이 간다는 것이다. 이 나라 사람들이 우리나라 드라마를 어찌나 좋아하는지 텔레비전을 트니 채널 13번에서 요즈음 KBS에서 하는 〈무궁화꽃이 피었습니다〉가 방영되고 있다. 옛날 영화인 〈김약국의 딸들〉도 방영되고 있었다.

바나산

아침 일찍 바나산을 향해 출발했다. 밑에 세상은 찜통인데 여기는 천국이다. 길이 5,043m 높이 1,487m 케이블카를 타고 정상으로 올라가면 시원한 공기를 마시며 다낭을 한눈에 내려다볼 수 있다. 프랑스가 지배할 때 천주교 신부들이 별장을 지어 쉬러 왔던 곳이라 했다.

수많은 사람들을 동원하여 별장을 짓고 성당도 지을 때 많은 사람들이 희생되었다 한다. 저희들은 힘들어 못 올라오는 길을 현지인들이 신부들을 지게에 지고 올라왔다고 하니 상상만 해도 울화통이 터질 일이다. 호텔에서 서양 사람들을 볼 때마다 그 생각이 나서 그 사람들이 미웠다. 저렇게 덩치 큰 인간들을 유난히 체구도 작은 이곳 사람들이 어떻게 산꼭대기까지 날랐을까? 100년이란 긴 세월을 고통 속에서 살아야 했던 그들을 바라보며 동질감을 느꼈다.

선교사들이 여기에 온 목적이 무엇인가. 아무리 자기

들이 지배자이지만 하나님의 사랑을 전하러 온 전도자가 아닌가, 그들의 행동을 보며 누가 하나님을 믿겠는가, 그러나 우리나라에 온 선교사들은 달랐다. 그들은 목숨을 내놓으면서까지 우리 민족을 사랑했다. 그들의 희생으로 오늘 우리가 여기에 서 있는 것이다. 양화진에 가면 선교사들의 무덤이 있다. 수많은 사람이 목숨을 바쳐 우리나라 사람들의 영혼을 구원하기 위해 여기에 잠들었다.

그중에 루비캔드리라는 선교사가 있다. 26세의 처녀 선교사로서 한국에 온 지 7개월 만에 병이 들어 죽었다. 그는 죽으면서 "내 목숨이 천 개가 있다면 한국을 위해 바치겠다."며 죽었다고 한다. 이렇게 희생 위에 세워진 한국교회는 세계를 향해 선교사를 파송하는 나라가 되었다. 이 나라는 천주교인이 25프로라고 한다. 만약에 그들이 희생적으로 사랑했다면 더 많은 사람들이 믿었을 것이다. 그러나 지금은 아픔이 있는 이곳을 관광지로 개발하여 돈을 벌어들이고 있다. 용서하되 영원히 잊지는 않을 것이다.

호이안

둘째 날, 베트남 최고의 무역항이었던 호이안으로 이

동하여 투본 강에서 베트남 전통양식의 바구니 배를 탔다. 물속에 잠긴 코코넛 나무 사이를 노를 저어가며 사공들이 부르는 한국 가요를 들으면서 즐거운 시간을 보냈다. 싸이의 강남스타일에 맞추어 바구니 배를 빙글빙글 돌리며 신나게 춤을 추는 모습은 억지로 돈을 벌기 위한 수단이 아니라 진심으로 함께 즐기는 모습이어서 인상적이다. 우리도 동화되어 함께 노래 부르고 춤도 추었다.

다음으로 베트남에서 세 번째로 유네스코에 등재된 호이안 구시가지에 왔다. 세월의 더께가 켜켜이 묻어 있는 이곳은 나무로 지은 집들이 시내를 형성하고 있다. 200~280년 된 집들이다. 골목골목마다 상가들이고 서양인들도 많이 보인다. 예전엔 여기가 무역항이라 번창한 도시였다고 한다. 그래서 그런지 중국사람, 일본사람이 많이 살고 있다. 이 두 나라 사람들이 사이가 좋지 않아 자주 다툼이 있었는데 서로 화해하는 의미로 마을 사이로 흐르는 물 위에 내원교라는 다리를 놓아서 서로 왕래했다고 한다.

이렇게 번창한 항구 도시를 정부 시책에 따라 무역항을 다낭으로 빼앗기고 나서 어촌 마을로 전락하고 말았다. 이곳 사람들은 정부를 원망하며 살밖에, 한 치 앞도

내다볼 수 없는 게 인간이 아니던가. 전쟁이 일어나 항구 도시가 된 다낭은 폭격을 당해 쑥대밭이 되었고 이곳은 다행히 전쟁을 피해갈 수 있어서 지금은 관광 명소가 되었다.

후에

카이딘 왕릉에 왔다. 카이딘은 베트남 응우옌 왕조 제 12대 왕이라 한다. 그는 프랑스 통치하에서 꼭두각시 노릇을 하며 사치스런 생활을 했단다. 게다가 게이였다고 한다. 그래서인지 종묘에도 못 들어갔다고 한다. 그러나 그는 살았을 때 자기가 들어갈 능을 지었다. 땅속이 아니라 호화찬란하게 건물을 지을 때 여러 나라에서 건축가를 데려와 지었다고 한다. 한 가지 인상적인 것은 우리나라 왕릉에 석상들이 서 있듯이 이곳에도 건물 앞마당에 석상들이 두 줄로 양쪽에 서 있었다. 그의 사치스러움이 후대엔 관광명소가 될 줄이야…….

후에 성*

후에 성은 응우옌 왕조의 궁궐 역할을 했던 곳이다.

---

* 　베트남 최초로 유네스코 문화유산에 등재됨

1802~1945년까지 143년 동안 13대까지 통치해 왔다. 어마하게 넓은 초원 위에 앞엔 흐엉강이 흐르고 왕궁의 옛 영화는 응오문, 태화전, 현인각만이 옛날의 위용을 대신해준다. 임금이 앉았던 금으로 만들었다는 의자는 프랑스에서 벗겨 가고 초라한 빈 의자만이 오는 이들을 맞이해주고 있다.

베트남 전쟁 당시 파괴된 유적들의 흔적이 남아 있는데 다행히 복원 작업이 진행 중이다. 모형으로 보여주는 옛 궁궐은 그때의 아픔을 말해준다. 궁궐 뜰에 아직도 주인을 기다리는지 종1품, 2품, 3품을 표시해둔 돌들만이 아직도 남아있다. 여기에도 왕들의 영을 모시는 종묘가 있는 것을 보면 우리나라 문화와 같은 게 참 많다. 그래서 우리를 좋아할까?

문득 세상으로부터 나온 육신의 욕망, 눈의 욕망, 모든 자랑거리는 이슬과 같이 사라져 영원한 것이 없다는 말씀이 가슴을 뜨겁게 한다.

빚진 자

"언니, 여행 갈래? 해외여행."

갑자기 걸려온 여동생의 전화에 나는 얼떨결에 약속을 했다. 여행을 가려면 그것도 해외여행이면 몇 달 전부터 계획을 세우고 준비를 해야 하는데 촉박한 여행 일정이 마음에 걸렸다. 하지만 나는 동생의 제의를 거절할 수가 없었다. 그것은 언제나 언니로서 빚진 마음으로 살아왔기 때문이다.

아주 오래전 일이다. 할머니가 막내 고모네 다니러 가셨는데 고모가 등잔에 불을 켠 채로 석유를 넣다가 펑! 하고 온 방 안에 불이 붙었다. 고모는 다급하게 뛰어 나왔지만 할머니와 아이는 불속에서 나오질 못했다.

하나밖에 없는 외아들은 하늘나라로 보내고 할머니는 형체를 알아볼 수 없을 만큼 온몸에 화상을 입으셨다. 급히 병원으로 갔지만 병원에선 며칠 못 살 것 같으니 집으로 모시고 가라고 했다. 하지만 당시 의사의 말과는 달리 할머니는 한 달, 두 달, 몇 년이 되어도 생명엔 지장이 없었다. 온몸은 오그라들고 얼굴은 한 겹, 두 겹, 살가죽이 벗겨져서 뼈가 드러날 정도로 등걸처럼 되었는데도 목숨만큼은 참으로 여전하셨다.

그렇게 고우시던 모습이 이렇게 되다니……. 할머니의 사랑을 듬뿍 받고 자랐던 나는 어머니보다 할머니를 더 좋아했다. "우리 언년이, 우리 언년이" 하시며 겨울엔 유난히 차가운 내 몸을 당신의 품속에 품어 녹여주시고 예뻐해주셨다. 나는 할머니에게 야단맞은 일이 한 번도 없었다. 언제라도 할머니 돌아가시면 초막 짓고 시묘살이 할 거라며 입버릇처럼 말했는데…….

불효하게도 지금은 할머니 모습이 꿈에 나타날까 봐 겁이 날 지경이다. 할머니는 여름엔 살이 짓물러 구더기가 생겼다. 나는 직장에서 퇴근하면 미군부대 병원에 다니는 사람을 통해 소독약과 약품을 얻어다 소독을 해드리고 약을 발라 드리는 일이 고작이었다. 물자가 귀했던 그 시절엔 붕대도 빨아 써야만 했는데 그 일을 여동생이 했다. 그 어린 게 개울에 가서 그런 걸 빨았으니 얼마나 고통스러웠을까. 밥을 챙겨 드리는 것은 어머니 몫이고 대소변 받아내는 일은 누구든지 할머니의 상황을 먼저 듣는 사람이 했다. 그러고 보면 동생들이 참 고생을 많이 했다. 어머닌 논으로 밭으로 일을 하러 가시기 때문에 항상 바쁘셨다.

그렇게 몇 년이 흘러 내가 결혼하여 떠나올 때 어머니

는 두 다리 뻗고 통곡을 하셨다고 한다. 그땐 온 식구가 할머니로 인하여 지쳐갈 때였다. 나 역시 빨리 그곳을 탈출하고픈 마음이 없었다면 거짓말이다.

여태도 여동생에게 무거운 짐을 떠맡기고 결혼하여 홀홀 떠나온 일이 마음의 빚으로 남았다. 유난히 큰 눈망울에 그렁그렁한 눈물이 뚝 떨어질 것만 같은 그 모습이 언제나 나의 머릿속에 지워지지 않는다.

결혼 후엔 자영업을 하는 신랑 때문에 항상 바쁜 관계로 동생을 자주 만나지 못했다. 여동생 역시 사업하는 신랑을 만나 바빠서 만나기가 어려웠다. 그렇게 세월은 흘러 둘이 다 할머니가 되었고 이제야 여유가 생겼는지 전화가 온 것이다. 난 동생의 연락을 받고 앞뒤 가릴 것 없이 승낙을 했다.

여행은 어디로 가느냐가 중요한 것이 아니라 누구와 가는 게 중요하다고 하지 않나, 처음으로 동생과 떠나는 여행이라 설렘이 앞선다. 우리 둘만 가는 줄 알았는데 남편들도 함께 간다기에 잘됐다 싶다. 그동안 동서끼리 만날 일이 별로 없어 서먹했는데 이번 기회에 가까워졌으면 좋겠다. 남들은 친형제보다 더 가깝게 지낸다는데 먼 거리에 떨어져 바쁘게 살다 보니 남남처럼 살아왔다. 산다는 게 무언지 돌아보니 지난 시간 참 씁쓸하다.

3박 4일의 다낭 여행은 동서 지간의 사이가 좁혀지는 계기가 되었고 동생과 나는 아쉬움이 더러 있었지만 처음인 만큼 보람되고 즐거운 여행이었다. 할머니 사랑을 듬뿍 받으며 동생과 오순도순 살았던 그 시절이 문득 그립고 다시금 동생에게 미안해진다. 다시 돌아갈 수 있다면 동생에게 더 잘할 수 있을까, 이제라도 다음엔 꼭 둘이서 가까운 섬이라도 가서 조용한 바닷가를 거닐며 아름다운 추억을 만들고 싶다.

춤추는 섬

벌써 몇 년 전 일이다. 수십 년 살아온 금촌을 떠나 운정 신도시로 이사 와서 아는 사람도 없이 쓸쓸히 지내던 차, 아파트 방송에서 탁구회를 조직한다는 소식을 듣고 참여하게 됐다. 사람도 사귀고 취미 삼아 탁구도 치고 싶어서 시작한 게 인연이 되어 탁구 회원이 됐다. 나이 제한이 없어 누구나 아파트 주민이면 자격이 주어졌다.

50~60대가 제일 많고 40대는 직장관계로 새벽 시간대에 치기 때문에 우리와 만날 날이 별로 없다. 70대는 나와 이 여사님 둘뿐이지만 이 여사님은 나보다 아홉 살이나 많으신 분이다. 그분은 수영과 탁구로 다져진 몸으로 건강 상태가 나보다 훨씬 좋아 보이고 탁구 실력도 나보다 월등하다. 젊은이와 견주어도 뒤지지 않을 정도로 실력이 뛰어났다. 그와 짝이 되려면 나 또한 더 배워야겠기에 코치에게 레슨을 받으며 실력을 키워나갔다.

나날이 늘어 실력이 비슷해질 무렵 회원 친목을 도모하기 위해 놀러가자고 한다. 나는 젊은 사람들 틈에 늙은이가 끼어 분위기 깨뜨릴까 봐 망설이고 있는데 언제나 당당하신 이 여사가 이끄는 바람에 용기 내어 함께 가기로 했다. 어디로 가는지도 모르고 쫓아간 곳이 인천광역시 중구 무의동에 위치한 무의섬이다. 잠진도 선착장에서 십 분 거리도 안 되는 무의도는 섬이라기보다 어느 시골 마을처럼 보인다.

인천에 있는 섬만 168개나 된다는데 나는 이때까지 다닌 섬이 몇 군데 안 된다. 섬이란 단어만 들어도 설렘과 낭만의 대상이다. 저 건너편 섬은 가슴 아픈 사연이 있는 실미도라고 한다.

우리 일행은 소무의도 둘레길을 걷기 위해 무의도와 소무의도 사이에 가로 놓여 있는 아름다운 다리를 건너가고 있었다. 중간쯤에 무의도 전설이란 글이 눈에 들어왔다. 읽어보니 재미있고 그냥 지나치기엔 아까운 생각이 들어 준비해간 필기도구를 꺼내 적고 있었다. 함께 간 일행은 다 앞서 가버리고 혼자 남아 적고 있으려니 이게 무슨 짓인가 싶다.

지나가는 젊은이들은 비웃기라도 하는 듯 찰칵찰칵 스마트폰으로 찍어가는데 늙은이가 스마트폰이 뭐 그리 필요할까 싶어 사질 않았더니 오늘따라 정말 후회가 된다. 늙어도 시대의 흐름을 따라가야 하나 보다. 한참 만에 다 적고 보니 한 작품 건진 뿌듯한 기분이다. 글다운 글을 쓰지도 못하면서 놀러 와서 놀지도 못하고 이렇게 떨어져 있으니 일행들에게 미안하고 글쟁이 티를 내는 것 같아 쑥스럽기도 하다. 그러나 이 좋은 글 혼자 보기 아까워 여러분에게 소개할 수 있어 위안이 되기도 한다.

"옛날, 옛날 하늘나라에 춤의 왕국이 있었대요. 이 왕국에는 다섯 공주가 있었는데 그중 셋째가 가장 예쁘고 춤도 잘 추었대요. 그런데 넷째 공주가 셋째를 시기해서 신발에 가시를 넣었대요. 가시에 찔린 셋째는 슬픔에 잠겨 외로이 지내다가 진달래꽃이 만발한 어느 봄날에 아련한 꽃향기에 이끌리어 세상에 내려와보니 수많은 꽃들과 너무나 아름다운 자연에 취해서 매일매일 꽃구경을 하느라 시간 가는 줄 모르고 지냈대요. 그런데 이 마을엔 심술쟁이 호랑이가 살아서 마을 사람들을 괴롭혔대요. 그래서 사람들은 일 년에 한 번씩 처녀를 제물로 바쳤대요. 그러던 어느 날 셋째 공주는 마당 바위에 올라가 춤을 추니 그 춤이 얼마나 아름다운지 호랑이는 넋을 잃고 바라보다가 제물 가지러 가는 것도 잊어버리고 말았대요. 그 후로 호랑이의 행패는 사라졌으며 들에는 오곡백과가 풍성하게 열리고 바다에는 고기가 가득히 잡혔대요. 그래서 마을 사람들은 산에 올라가 그 고마움에 춤추는 셋째 공주에게 감사의 축제를 베풀어 주니 이곳이 축복의 땅, 무의도 '춤추는 섬'이래요"

전설을 알고 보니 정말 더욱 이 섬이 아름다워 보인다. 조금 전에 무심코 지나쳤던 모든 것이 새롭게 보이고 신비스러워 보인다. 지금이라도 당장 셋째 공주가 나타나는 춤을 출 것 같은 환상에 빠진다. 산에 올라가 일행들을 기다리며 바다를 바라보니 저 멀리 고깃배 한 척 낚싯대를 드리우고 갈매기 한가로이 하늘을 날고 있는데 하나개해수욕장에 은빛 모래는 햇빛에 반사되어 또 하나의 풍경을 만들어 내고 다가올 여름 손님 맞을 준비를 하고 있다.

여행을 떠나기 전에 나이 탓 하며 망설였는데 가지 않았다면 후회할 뻔했다. 탁구를 시작할 때도 내 또래가 둘뿐인 것처럼 보통은 나이를 먹으면 용기도 늙는 것일까. 마침 이 여사와 의기투합해 활기찬 생활을 도모한 게 얼마나 행복한 일인가. 무의도에서 필기까지 하면서 시간을 지체해 일행과 잠시 떨어졌을 때를 생각해 이때다 싶어 스마트폰 가게로 달려갔다. 젊음이 별거드냐. 자기 할 나름 아닐까.

석림에서 한나절

석림은 정말 놀라운 자연의 선물이다. 운남성에 있는 거대한 석림은 50만 년 전에 바다였던 곳이 화산 폭발로 인해 지각변동으로 생긴 것이다. 먼 곳에서 보면 거대한 아파트촌 같고 가까이서 보면 갖가지 형태를 갖추고 서 있는 모습이 보는 이를 놀라게 한다. 꼭꼭 숨어 있는 것을 1975년도에 개발하여 1985년도에 문을 열었다. 유네스코에서 자연유산으로 지정한 곳으로 그 모습이 경이롭고 웅장하여 보는 이로 하여금 감탄사를 연발하게 한다.

이곳 원주민은 '이족'인데 이들은 이곳에서 모두 일을 한다. 어떤 사람은 청소부로, 어떤 사람은 운전기사로, 어떤 사람은 관리직으로 각각 그 사람들의 능력에 따라 채용하여 이곳에서 농사도 지으며 살고 있다. 타지 사람들은 고용하지 않고 '이족'만 종사하도록 하니 정부의 배려가 따뜻하게 느껴진다.

일행을 태운 운전기사 아가씨는 인상도 좋고 상냥해서 경치 좋은 데가 나오면 차를 세우고 사진을 찍게 한다. 우리를 안내한 최 원장을 따라 이 골목 저 골목을 다니며 구경을 하는데 "저곳 좀 보세요, 저기 높은 곳에 앉아 있는 것은 저팔계고요, 중간에 앉아 있는 건 손오공, 끝자락에 있는 것은 삼장법사예요." 그러고 보니 그 모습들이 그럴듯하게 보인다. 그 모습들은 마치 먼 길을 걸어오느라 비둔한 저팔계가 다리가 아파 쉬고 있는데 앞서 가던 손오공이 저팔계가 보이지 않자 안달복달하며 오두방정을 떨고, 이것도 모르고 한참 가던 삼장법사는 아니, 이놈들이 왜? 안 오는 거야! 하면서 기다리고 있는 것 같다.

이밖에도 이들은 50만 년 동안 얼마나 많은 이야기들을 만들어내며 살았을까? 미로처럼 꼬불꼬불한 골목길은 연인들이 숨어서 사랑하기에 안성맞춤이고 동네 아이들의 놀이터였을 것이다. 이렇게 숨어 있던 자연은 또 다른 자연을 잉태하고 우리 인간은 자연과 함께 살아가고 있다. 넓은 초원 위에 우뚝 솟아 있는 석림! 겹겹이 쌓인 석벽은 쇠를 쌓은 듯하며 늙은 소나무 향은 그윽하고 뾰족한 봉우리 위에 앉아 있는 독수리는 우리를 내려다보고 우리는 그 독수리를 바라보고 있다. 거대하고 기이한 석림, 인간이 만들었다면 이렇게 오랜 세월을 견디어낼 수 있을까? 자연은 자연 그대로 다른 이야기들을 만들어내며 앞으로 또 몇십 만 년을 인간에게 위안을 주며 서 있을까?

아침에 조금 뿌린 비 때문인가 먼 하늘가에 무지개가 떠 있다. 하나님께서 노아에게 물로 심판하지 않겠다는 약속으로 무지개를 보여 주셨는데, 오늘 저 무지개의 의미는 무엇일까? 넓은 중국 땅에 무지개는 크기도 하다. 저 무지개 다리를 건너 집에 가고 싶은 생각이 문득 든다. 싱싱한 석류 향을 한 아름 안고, 여행이 즐거운 것은 돌아갈 집이 있기 때문이라고 했던가.

탁류 속에 꽃피우다

어릴 적 옆집에 세들어 살던 군산 아지매는 사투리의 억양이 너무 세서 사나운 인상을 주었다. 나와 별로 가까운 사이가 아니었음에도 지금까지 기억하고 있으니 군산이란 지역이 너무 생소하고 먼 나라처럼 느껴졌기 때문인 것 같다. 그렇게 멀게만 생각했던 그곳을 내 나이 칠십이 넘어서 가게 되다니 흥미롭고 기대가 앞선다.

군산 시내에 들어서니 시간이 뒷걸음쳐 온 듯하다. 고층 건물에 익숙해진 까닭인지 내가 어려서 흔히 보았던 건물들이 그대로 서 있는 것만 같아 신기하고 정겹기도 하다. 발전하는 것만이 좋은 것은 아닌 듯, 옛것을 간직하고 보전함으로 역사를 배우고 비록 아픔일지라도 교훈 삼아 오늘을 단단히 세워간다면 조상들이 겪은 그 아픔을 토대로 후손들이 행복하게 살게 되지 않을까.

일본식 가옥으로 세워진 세관은 입을 꽉 다문 채 말이 없지만 그때 그 시절 피 같은 돈을 갈취해 간 그들의 죄상은 자기들이 더 잘 알 것이다. 물질을 빼앗는 것도 모자라 우리의 정신까지도 빼앗으려 동국사라는 절집을 지어 놓고 억지로 머리를 숙이게 한 얕은 꾀는 속이 훤히

들여다보이는 수작이다. 지금도 절집 뒤편엔 대나무 숲이 우거져 있고 절 옆으로 짧은 치마에 단발머리 소녀상이 서 있는데 당장이라도 뛰어나올 것처럼 발랄한 모습이다. 일본 대사관 앞에 앉아 있는 소녀상과 대조적이다.

지금은 쓸모없는 철길을 여행객들의 여행코스로 지정해 놓아 걷고 있는데 이 철길을 통해 얼마나 많은 물자가 일본으로 건너갔을까? 드넓은 김제평야의 쌀이며 땀이며 눈물까지도 함께 실어가고 말았다.

군산은 근대사의 역사 박물관이다. 그 시대에 살았던 채만식 선생은 〈탁류〉라는 소설을 써서 증거로 남기셨다. 군산을 배경으로 하여 조선의 사회상과 생활상을 잘 묘사했다. 채만식 선생은 다작의 작가로 잘 알려져 있다. 장, 단편 소설만 해도 200여 편에 이르고 기타 동화와 수필 등 다양한 장르까지 포함하면 생전에 천여 편이 넘는 작품을 남겼다. 그는 안타깝게도 마흔여덟이라는 짧은 생을 사시다가 1950년 6월 11일 한국전쟁 직전에 타계하셨다. 해방의 기쁨도 잠시, 동족상잔의 뼈아픈 슬픔을 안 보시고 가신 게 어쩌면 다행인지도 모른다. 상여도 쓰지 말고 리어카에 관에다 산국화, 들국화로 덮어 달라는 유언을 남기셨다고 하니 가슴이 뭉클하다.

아직도 탁류의 배경인 금강하구엔 변함없이 탁류가 에둘러 흐르고 채만식 선생의 유언이 적힌 문구만이 우리를 맞이하고 있었다.

채만식 선생은 아름다운 금강하구의 낙조를 바라보며 철새들을 동무 삼아 훨훨 떠나가셨으리. 우리는 여기서 그를 이처럼 그리워하고 있는데……

할머니
농사 이야기

할머니 농사 이야기

깍깍깍, 까치가 일하는 할머니 머리 위에서 인사를 합니다.

"할머니 올 한 해도 농사 잘 지어서 우리들 먹이도 많이 주세요."

할머니는 고개를 끄덕이며 이마의 흐르는 땀을 닦습니다.

"그래, 농사 잘 지어 놓을 테니 너희들만 먹지 말고 내 것도 남겨 놓아라."

작년엔 땅콩을 심었더니, 까치들이 몽땅 파먹어서 추수를 못 했습니다. 올해엔 그곳에 콩을 심었더니 고라니가 와서 다 뜯어 먹었습니다. 요즘 날짐승, 들짐승들은 사람보다도 더 약삭빨라서 사람이 이길 수가 없습니다. 그러나 어떻게 합니까. 함께 살아가야지요.

옛날 어른들이 씨앗을 뿌릴 때 하나는 벌레를 위하여, 한 개는 짐승들을 위하여, 나머지 하나는 자신을 위하여 심었다고 해요. 이렇게 사람들은 남을 배려하며 사는데 짐승들은 염치가 없는 모양입니다. 생긴 것은 예쁘게 생긴 까치와 비둘기가 얄미운 짓만 하니 예쁘게 봐줄 수가 없네요.

지난여름은 몹시도 더웠지요. 거기에다 가뭄까지 더하니 농사 짓기가 더욱 힘들었네요. 이렇게 힘들 때 지은 농사인데 요즈음 아이들은 밥을 잘 안 먹어요. 맛있는 것들이 너무 많아 밥은 맛이 없다네요. 그래서 우리 손자는 초등학교 일 학년인데도 엄마가 억지로 밥을 먹여 주지요. 농부들이 힘들여 지은 곡식인 줄 알게 되면 밥이 얼마나 소중한 것인지 알게 될 날이 있겠지요. 알갱이 한 알 한 알이 모여 밥이 된다는 것을, 땀방울 한 방울 한 방울이 먹거리가 된다는 것을.

오늘도 할머니는 부지런히 일을 합니다. 식구들이 좋아하는 토란을 캐면 한 뿌리에 달려 있는 것이 꼭 우리 식구들 같습니다. 가운데 있는 것은 할아버지, 그 옆엔 할머니, 아들, 손자, 며느리, 시집 간 딸까지 다 모였네요. 옹기종기 모여 있는 토란 식구들, 정말 정다운 모습이지요. 해 질 녘까지 일을 하며 배워갑니다.

분꽃

손자 녀석이 칭얼거린다. 집안이 답답해 나는 아이를 유모차에 태우고 아파트 꽃길을 따라 하루에도 몇 번씩 돌곤 한다. 탐스런 겹봉숭아 옆을 지날 땐 아이 눈이 봉숭아꽃에 머물고, 나비가 날아갈 땐 나비를 따라간다.

아이가 말을 배우기 전부터 "꽃이 어떤 거니" 하고 물으면 꽃을 가리킨다. 심심할 땐 "아빠하고 나하고 만든 꽃밭에 채송화도 봉숭아도 피었습니다."라고 노래를 불러주면 방실방실 꽃처럼 웃는다. 아마도 아빠라는 단어가 귀에 익숙해져서 좋아하는가 싶다.

그러던 어느 날 아이를 태우고 여러 가지 꽃을 보며 걷고 있는데 분꽃나무 한 그루가 눈에 띄었다. 그 분꽃나무를 보는 순간 그것은 꽃나무가 아니라 나의 고향이고 추억이었다. 여름 한낮 땡볕 아래 담장 밑에 아무렇게나 만들어 놓은 꽃밭 한 귀퉁이에서 수줍은 소녀처럼 피어 있던 분꽃.

나 어릴 적 분꽃은 피리였고 분씨는 얼굴에 바르는 화장품이었다. 분꽃을 따서 꽃순을 조심스럽게 뽑아버리고 피리를 불면 예쁜 소리가 나온다. 새까만 분씨는 반으로 쪼개어보면 하얀 분가루가 나온다. 나는 친구들과 소꿉 장난을 하며 놀 때 깨진 사금파리에 분가루를 모아서 서로 발라주며 재미있게 놀았다.

시계가 흔치 않던 그때 시계 역할도 했었다. 분꽃이 필 무렵이면 할머니는 어멈아! 저녁 준비해라 하시었다. 그러고 보면 우리 집 분꽃은 오후 느지막할 때 피었나 보다. 그때엔 보리밥을 할 때면 일찍부터 서둘러야 했다. 지금은 기계가 좋아져서 보리쌀이 곱지만 그때엔 거칠어서 절구에 넣어 물을 붓고 다시 한 번 찧어야 보리밥이 부드럽고 밥맛이 좋았다. 이렇게 분꽃은 어린 시절부터 아련한 추억을 쌓아왔다.

아파트 분나무를 본 그날부터 나는 관심을 가지고 살펴보기 시작했다. 그런데 이상했다. 낮에도 저녁 때가 되어도 꽃이 피지 않았다. 하루에 몇 번씩 가보아도 오므린 꽃망울은 벌어지질 않았다. 그래서 이틀 날 아침 일찍 가 보았더니 꽃이 피어 있지 않은가. 아마도 밤중에 피었나 보다. 햇빛도 잠드는데 왜 꽃이 밤에 필까?

아마도 시끄러운 세상이 싫었던 모양이다. 앞에 놓인 쓰레기통 앞에서 동네 사람들이 싸우는 소리, 빵빵 경적을 울리며 달리는 자동차 소리, 매캐한 매연과 먼지, 이 모든 게 싫어서 모두가 잠든 밤에 살며시 피어서 저 멀리 반짝이는 별들을 세면서 그만의 시간이 필요했나 보다.

우리 모두들처럼……

마음도 타들다

먼 하늘을 바라본다. 구름 한 점 없는 맑은 하늘은 아침부터 뜨거운 열기를 내뿜으며 연일 달아오르고 있다. 104년 만의 가뭄이라고 하는데 정말 그런가 보다. 나이 드신 분들의 말을 들어보면 이런 가뭄은 처음 겪어본다고 한다.

여기 파주는 수로가 잘되어 있어서 논농사는 걱정이 없어 다행이다. 다른 지방은 모내기를 못한 사람도 많고 모내기를 했다 하더라도 물이 말라 거북이 등처럼 갈라진 땅을 텔레비전을 통해 볼 때면 마음도 함께 타들어 가는 것만 같다. 논뿐 아니라 저수지와 호수까지 말라버렸으니 어쩌면 좋을까.

우리는 농사라고 겨우 고구마 두 단을 심었는데 이것을 살리기 위해 필사적으로 노력 중이다. 들깨 씨도 뿌린 지가 여러 날이 되었지만 소식이 없어 땅을 파보니 먼지만 풀풀 날린다. 경험 많은 분들에게 알아보니 수분이 날아가지 않게 풀이나 망으로 덮어주어야 한다고 한다. 사람은 죽을 때까지 배워야 한다는 걸 깨달았다.

지금까지 남편은 내가 밭일 하는 걸 나 몰라라 했는데

보기가 안타까워선지 올해엔 따라 나서서 일을 거들어 준다. 아니, 요즈음엔 고구마 타 죽는다고 앞장서서 나선다. 고구마가 "할아버지, 나 견디기 힘들어요. 빨리 와서 물 뿌려 주세요."라고 환청이 들린다나, 늘그막에 이 무슨 생고생인가. 두 사람 왕복 차비가 오천 원, 열 번이면 오만 원인데 그 돈으로 사 먹으면 고생도 안 하고 좋을 텐데 하다가도 돈으로 계산하면 장사꾼이지, 곡식 살리는 일인데 하는 마음으로 열심히 물을 뿌려주고 있다. 다행히도 우리 땅에 예전에 동네 사람들이 사용하던 우물이 있어 요긴하게 쓰고 있다.

아래 밭 할아버지는 서울 합정동에서 전철을 몇 번씩 갈아타고 오셔서 농사를 지으시는데 소싯적에 힘든 일을 많이 해보셨는지 밭일도 젊은 사람 못지않게 해내시고 우물에서 물을 길어다 물을 주실 때도 물통에 가득 채우고 나르신다. 그 집 밭은 이 가뭄에도 생기가 돈다. 콩 한 포기 참깨 하나하나에 할아버지의 땀과 정성이 눈에 보인다.

그 할아버지에 비하면 우린 아이들 장난하는 것 같지만 우리로서는 나름 최선을 다하고 있다. 우리 밭은 곡식보다 풀이 더 무성하다. 지나가는 사람들이 답답했던지 한마디씩 한다. "제초제를 뿌리세요. 뿌리까지 죽는 약이 있어요." 그런데 풀이 "내가 죽으면 당신들도 죽어요." 한다. 우린 힘이 들더라도 뽑아주고 잘라주고 그러다가 장마철이 오면 풀에게 지고 만다. 그러면서 함께 살아가는 거다.

그나저나 가을에 수확할 게 있을는지 모르겠다. 오늘 밭에 갔더니 위쪽 밭에 부지런한 부부가 우물물을 박박 긁어서 다 써버렸다. 이젠 우물물도 말라버리니 사람 마음도 가뭄이 드나 보다. 자칫 이웃 간에 섭한 생각이 들 수도 있겠다. 이런 때일수록 마음을 다스려 서로에게 너그러워야 하지 않을까. 갈멜산에서 비 오기를 간절히 기다리는 엘리야의 마음으로 두 손을 모아본다. 그들은 삼 년 가뭄을 어떻게 지내었을까?

보물 밭

　추수의 계절이다. 농사를 많이 짓는 사람에 비하면 추수래야 소꿉놀이 같지만 그래도 나는 가을철이 되면 뿌듯하고 행복하다. 차를 타고 한 시간 넘게 가야만 밭이 있지만 거둬들이는 기쁨은 땀을 흘린 자만이 느끼는 것일 게다.

　들깨가 한 말, 참깨가 반 말, 팥이 두 대접. 당근은 생각보다 잘된 편이다. 사과와 함께 즙을 내어 마시면 사서 먹는 주스에 비할 바가 아니다. 그리고 땅콩 조금. 토란은 20알을 심었는데 열아홉 개가 싹이 났다. 추석에 시장에서 토란을 사와 국을 끓였는데 설컹설컹거리고 맛이 없어 간신히 먹었다. 우리는 토란을 늦게 캔다. 그래야 잘 여물어서 국을 끓이면 파근파근한 것이 맛이 있다.

　겨울이면 다시 봄을 기다린다. 씨를 뿌리고 가꾸고 거두는 꿈을 꾸면 저절로 부자가 되는 느낌이다. 밭이래야 공장 마당 앞에 있는 조그만 텃밭이다. 기계로 밭갈이를 할 수도 없는 자갈밭이었는데 해마다 정성을 들여 가꾸어 놓았더니 봄부터 가을까지 우리 식구들의 먹거리를 공급해주고 있다. 덤으로 가꾸지 않아도 자연적으로 나오는 나물들, 씨앗 몇 나무만 남겨 놓으면 자연적으로 떨어져 이듬해엔 어김없이 나온다. 이른 봄 해토가 되면 냉이, 달래, 고들빼기, 민들레는 마당에 깔아 놓은 자갈 틈으로 뿌리를 내려 꽃을 피운다. 노오란 융단을 깔아 놓은 듯 온 마당이 꽃으로 가득하다.

이 꽃들이 씨가 되어 밭으로 날아오면 온 밭이 민들레 밭이 된다. 이 연한 민들레를 액젓으로 간을 맞춰 겉절이를 해먹으면 쌉싸름한 맛이 입맛을 돋운다. 다 먹을 수 없으면 설탕에 재워 효소로 만들어 그 물을 차로 먹거나, 말려서 겨울철에 차로 끓여 먹으면 위장에도 좋고 여러 가지로 몸에 좋다고 한다. 이 밖에도 철 따라 돌미나리, 돌나물도 나온다. 이것을 캐다가 물김치를 담가 먹으면 계절의 별미라고 할 수 있다.

산수유꽃이 지고 개나리꽃이 필 무렵이면 아들을 재촉하여 땅을 일군다. 고구마도 심고 고추, 가지, 오이 등을 심어 놓으면 여름 내내 우리 식탁의 주인공이 된다. 올봄엔 더덕 씨를 뿌렸더니 꽃이 피었다. 초롱꽃도 아닌 것이 앙증맞게 피었다. 더덕꽃은 처음 본다. 꽃도 보고 더덕구이도 먹게 되니 일석이조 아닌가. 백도라지는 삼 년째인데 제법 커서 밥상에 올리고 있다. 두릅나무 또한 조그마한 것을 얻어다 심었더니 많이 번져서 봄부터 여름 내내 연한 순을 내밀고 우리를 즐겁게 해주고 있다.

그나저나 우리 밭은 곤충과 식물의 천국이다. 메뚜기를 비롯해서 잠자리, 무당벌레, 달팽이가 우글거린다. 아무리 풀이 우거져도 제초제나 농약은 뿌리지 않는다. 그러니 밖에서 볼 땐 풀밭이나 다름없다. 풀로 가리워서 그 속에 보물이 숨겨져 있는 줄을 누가 알겠는가, 나만이 아는 보물창고…….

어떤 아버지가 숨을 거두면서 아들에게 유언을 했다. 밭에 보물을 숨겨 놓았으니 꺼내 가지라고. 아들은 열심히 땅을 파보았으나 보물은 나오지 않았다. 아들은 투덜거리면서 파놓은 땅에 씨를 뿌리고 거두었다. 그리고 몇 년이 지난 후에야 아버지의 깊은 뜻을 깨달을 수 있었다. 그로부터 열심히 일을 하여 부자가 되었단다.

어쩌다 보니 작은아들이 나와 한 팀이 되어 종종 농사를 거들고 있다. 젊은 나이에 마다하지 않는 심성이 기특하다. 보물을 남긴 어떤 아버지의 이야기를 마음 깊이 새기고 있는지 궁금하다. 다른 건 몰라도 노동은 일한 만큼 돌려주고 정직하다는 걸 깨달았으면 족하겠다.

수명

바람 한 점 없는 무더운 삼복더위다. 사온 지 십 년 좀 넘은 김치냉장고가 며칠 전부터 그르렁그르렁 가래 끓는 소리를 내더니 오늘 그만 숨이 멈춰버렸다. 하필이면 이 더운 날에 가버리다니 짜증이 난다. 그래도 어찌하랴. 부리나케 전자제품 가게에 달려갔더니 며칠 있어야 제품이 온다고 한다.

저 안에 들어 있는 김치며 봄에 담가 놓은 장아찌들을 어찌할까. 부지런을 떨어가며 정성 들여 담가놓은 가시오가피, 두릅, 참나물, 질경이 장아찌들이 올망졸망 줄을 지어 걱정스러운 표정들을 짓고 있다.

"걱정 마, 나만 믿어."

그런데 며칠 후에 일이 또 터졌다. 옆에 있는 다른 냉장고가 고장이 난 것이다. 이 냉장고는 딸이 시집가기 전 라디오에 글을 써 보낸 게 당첨이 되어서 상품으로 타온 것이다. 나이를 따지자면 이게 훨씬 위인데 왜 하필이면 같이 가는지 모르겠다. 그동안 함께 있으면서 정이 들어 갈 때도 함께 가자고 약속을 했나 보다.

지난 이른 봄이었다. 그때는 보일러가 고장이 나서 새

로 샀는데 애들이 우리가 너무 부려 먹는다고 농성을 부리는 것만 같다. 이것으로 끝났으면 얼마나 좋았을까? 이번엔 가스렌지 배기후드가 고장이 났다. 세상에 이런 일이! 별 수 없이 이것마저 새것으로 갈아 끼웠다.

2021년도 얼마 남지 않았다. 십이 월로 접어든 지도 며칠이 지난 어느 날 잠이 오지 않아서 밤중에 거실에 나와서 책을 보고 있는데 전등불이 갑자기 꺼지더니 조금 후에 자동으로 켜지는 게 아닌가. 그리고 몇 분 간격으로 불이 나갔다 들어왔다 반복하는 것이다. 아니 이건 또 뭐야. 도깨비들 장난인가. 나는 겁이 나서 이불 속에 들어가 놀란 가슴을 진정시켰다.

이튿날 확인해보니 전기 스위치가 고장이 나서 제멋대로 장난을 친 것이다. 고치는 김에 전등까지 싹 갈아 끼웠더니 온 집안이 환하다. 이것으로 고장은 끝이겠지. 요즘 전자제품은 십 년을 기준으로 만든다고 한다. 너무 오래 쓰면 장사가 되지 않을 뿐더러 디자인이 구식이 되어 소비자가 싫어하기 때문일 수도 있다. 그런데 우리집 냉장고는 사용한 지 근 이십 년에 가깝다.

현재 만드는 기계의 수명은 짧아진 반면 인간의 수명은 점점 길어져만 간다. 일본에서 건강수명이 남녀 모두 3년 정도 길어져 역대 최장 기록을 갱신했다고 신문에

났다. 건강수명은 다른 사람의 도움을 받지 않고 스스로 일상생활을 유지하면서 건강하게 사는 기간을 뜻한다고 한다. 건강하게 오래 살면 얼마나 좋을까만 건강수명보다는 연명수명으로 사는 사람은 또 얼마나 많은가. 그런 걸 생각하면 지금 내가 건강을 유지하면서 사는 게 얼마나 감사한 일인지 모른다. 새로 들인 김치냉장고 속에 무공해 웰빙 장아찌들이 다행히 아직은 싱싱한 채 깊은 맛이 들어 있다. 나의 심장의 고동소리도 힘차게 뛴다.

기적이 울릴 때면

나는 기적 소리를 들으며 태어났고 기적 소리를 들으며 자라났다. 우리 동네는 경부선 철길 옆이었기 때문이다. 철길 외에는 길이 없어 장 보러 갈 때나 학교에 갈 때도 동네 사람들은 기찻길로 다녀야 했고 빨래하러 개울에 갈 때도 철로를 건너야만 했다. 모든 길은 철로를 통해서만 지나갈 수 있었으니 익숙하고 친숙한 존재가 되었다.

아이들은 학교 갔다 집에 올 때면 심심해서 놀이를 했는데 멀리서 기적 소리가 들리면 철로에 귀를 대고 누가 오래 버티나 하는 내기였다. 지금도 무의식 속에는 그때 일이 잠재해 있는지 가끔 꿈속에서 그 일이 재연되어 흠칫 놀라곤 한다. 이렇듯 나의 어린 시절은 기차와 함께 커왔다.

그러나 기적을 토하며 달리는 기차는 그냥 스쳐 지나갈 뿐 나는 한 번도 어릴 적엔 기차를 타본 적이 없었다. 머언 미지의 세계를 향하여 나의 꿈만 기차에 실어 보낼 뿐이었다. 옆집 사는 창호네 아버지는 철도청 공무원이었는데 그 집 식구들이 해마다 봄에 기차를 타고 창경원에 다녀와서 자랑을 할 땐 얼마나 부러웠는지 모른다.

기찻길과 나는 인연이 깊은가 보다. 결혼하여 경의선이 지나가는 파주 금촌에 살게 되었고 지금도 역시 금촌역과 가까운 곳에 살고 있다. 하루에도 수없이 들려오는 기차 소리를 들으면 나의 마음은 어느새 고향을 향해 달려가곤 한다.

결혼 후 몇 년이 지나도 좀처럼 기차 탈 일이 없던 어느 날 나에게 행운이 찾아왔다. 여행할 기회가 온 것이다. 기차 타고 부산까지 내려가서 한려수도를 다녀오는 3박 4일간의 여행이었다. 국내 여행이 뭐 그리 대단한 거라고 행운을 운운하는지 아마도 다른 사람들은 이해를 못 할 것이다. 70년대 초반만 하더라도 여행을 떠날 여유가 있는 사람들이 그리 흔하지 않았으니까. 나는 마음이 들떠 며칠 동안 잠이 오질 않았다. 아이를 셋씩 낳고 사는 동안 여행이란 꿈도 꾸어보지 못했다. 막내가 어린 나이지만 신혼여행도 못 보낸 것이 시어머님께서도 못내 미안했는지 흔쾌히 승낙을 해주셨다.

그런데 이게 웬일인가! 행운의 여신이 시샘을 했는지 여행 떠날 날이 내일인데 저녁에 토사곽란이 일어났다. 토하고 싸고 죽을 것만 같았다. 지금 생각해도 웃음이 절로 터지는 이유는 그런 와중에도 여행을 못 갈까 봐 그게 걱정이었다. 남편은 나를 보고 혼자 다녀올 테니 집에 있으라고 했다. 우리 둘만 가는 거면 자기도 가지 않겠지만 일행이 여럿이 있고 사업과 관련 있는 여행인지라 어쩔 수 없다는 거였다. 그러나 나는 포기할 수 없었다. 언제 또 이런 기회가 올 수 있을까. 약을 사다 먹고 밤을 지냈더니 조금 가라앉는 듯싶어 말리는 남편을 따라나섰다.

기차를 타는 순간 몸은 지쳐 있었지만 마음은 날아갈 것만 같았다. 기차는 힘차게 기적 소리를 울리며 부산을 향해 달려가고 있었다. 그때 그 여행은 지금까지 잊지 못할 추억이 되었으며 살면서도 생활에 큰 활력소가 되었다.

지금도 아름다운 한려수도의 경치가 눈에 아른거린다. 그때 일행 중에 노래 잘 하는 이가 있어 경치에 감동되었는지 스스로 노래를 부르기 시작했다.

"주 하나님 지으신 모든 세계 내 마음속에 그리어볼 때 하늘에 별 울려 퍼지는 뇌성 주님의 권능 우주에 찼네. 주님의 높고 위대하심을 내 영혼이 찬양하네"

멋지게 뽑는 그 노래에 배 안에 있던 모든 사람들이 감동했고 노래에 취하고 경치에 취하여 환호성이 터졌다. 그때부터 나는 그 찬송을 좋아하게 되었다. 이렇듯 여행은 우리에게 즐거움을 선사해주고 행복을 안겨준다.

　이젠 고속 기차가 생겨 우리들의 생활권을 좁혀주고 철도의 발전은 편리함을 주지만 경의선은 더 달리고 싶어도 달릴 수가 없다. 세계는 지금 철도 전쟁 중이라는데 꽉 막혀버린 저 철책선은 언제나 열리려나. 전 세계가 하나로 연결되어 있는데 끊어진 저 철길은 언제나 연결될까. 기적 힘차게 울리며 평양을 거쳐 중국 대륙을 지나 저 광활한 동토의 땅 시베리아와 유럽까지 뻥 뚫려서 물자를 교류하고 마음 놓고 여행할 수 있는 그 날이 속히 오길 기대해 본다. 씽씽 달리고 싶다.

학령산 돌고 돌아

내가 금촌과 인연을 맺은 것은 1968년 1. 21 사태 무장 공비 나던 때에 약혼을 하고 그 이듬해에 결혼을 하고부터다. 나라가 흉흉하던 때라 우리 친정에선 전방으로 시집간다고 걱정들을 했다. 전운이 감도는 으스스한 시절이었지만 처음으로 금촌역에 도착해보니 하늘거리는 코스모스가 평화로워 보였고 야트막한 기와지붕으로 된 역사는 정겨워 보였다.

시댁은 시내를 지나 오일장이 서는 장마당을 지나 세무서가 있고 그 옆 골목으로 들어가면 6. 25 때 피난민들이 지었다는 수용소 동네가 나온다. 그 중간에 오래된 큰 집이 있는데 안채는 기와집이고 바깥채는 초가였다. 우린 그 집을 다 살 돈이 없어서 안채는 군청에 다니는 김 계장 댁이 샀고 우리는 바깥채를 샀다. 개조를 해서 처음으로 그곳에 부화기 한 세트를 들여와 병아리를 부화하기 시작했다.

단칸방에서 시작을 하였지만 성실한 남편을 만나 살림은 조금씩 나아져갔다. 거기서 아들, 딸, 아들 삼 남매를 낳았다. 그러는 사이 땅을 사서 부화장도 옮기고 살림집은 읍사무소 옆에 새로 지은 양옥집으로 이사를 했다.

읍사무소 앞마당엔 커다란 은행나무가 있었다. 가을이 되어 은행이 익어갈 무렵이면 동네 개구쟁이들이 돌을 던져 은행을 따다가 창문을 깨뜨려 경비 아저씨에게 쫓겨 달아나기가 일쑤였다. 그곳에 사는 동안 아이들을다 키웠다. 개발 전이라 밖에 나가면 아이들의 놀이터가많았다. 아이들은 봄이면 군청 앞 논에 우렁이와 미꾸라지, 가을엔 메뚜기 잡느라 온몸에 흙투성이가 되어 돌아왔다. 겨울이면 마무리 골목 뒤편 학령산에 올라가 눈썰매를 타며 어린 시절을 보냈다.

이렇게 아이들이 커가는 동안 금촌에도 개발 바람이불기 시작했다. 마누라 없이는 살아도 장화 없이는 못산다는 말이 있을 정도로 해토가 시작되는 봄부터 질퍽거리는 길을 다녀야 했다. 큰 건물 하나 제대로 없던 이곳에 아파트가 생기고 포장도로가 뚫리고 번듯한 건물들이 올라가기 시작했다.

그때 남편의 사업이 어렵게 되어 내가 세상 밖으로 나오게 되었다. 시누이와 힘을 합해 식당을 차렸는데 하필이면 박정희 대통령 시해 사건이 있던 전날이다(1979년 10월 26일). 온 세상이 얼어붙은 듯 살벌한 계엄령이 내려졌고 사람들의 발걸음이 뜸해졌다.

경험도 없이 시작한 식당인데 걱정이 이만저만이 아니었다. 그래도 문을 닫을 수 없어 식당을 열어놓고 있는데 점심시간이 되자 손님들이 물밀 듯이 들어오는 게 아닌가. 정신없이 손님들을 치르고 알아보니 공무원들이 비상에 걸려 집에 가지 못하기 때문이란다. 그때만 해도 금촌에 식당이 흔하지 않았다. 우리는 새 건물에 시설도 깔끔하게 하고 주방장도 솜씨 좋은 사람을 모셔와 양식과 한식을 겸하다 보니 데이트하는 젊은 남녀들도 많이 왔다. 손님이 넘치는 날은 밥이 떨어져 이웃 식당으로 밥을 꾸러 달려가는 날이 잦았다. 어떤 날은 점심시간만 되면 겁이 나기도 했다. 일에 단련되지 못해서 그런지 힘에 겨워서 그런지 밤이면 잠을 설치는 날도 빈번했다.

경험 없이 시작한 식당이었지만 별 어려움 없이 근 2년 동안 한 다음, 시누이에게 넘겨주고 우린 몇 집 건너 새로 지은 큰 건물에 슈퍼를 차렸다. 그때는 대형 마트가 없었기 때문에 올망졸망 작은 슈퍼들이 많이 생길 때였다. 여기에서도 장사를 재미있게 했는데 남편이 자기 사업이 잘 풀려가니 그만하라는 바람에 2년쯤 하다가 그만두었다.

그 즈음 우리는 평안운수 32번 정류장 위에 아파트가 세워져 그리로 이사를 갔다. 그러고 보면 우린 학령산을 돌고 돌아 살아온 셈이다. 지금도 시장에 갈때마다 우리가 살았던 집과 식당, 슈퍼, 부화장을 생각하며 옛 생각에 젖곤 한다. 운정에 신도시가 생겨 6년 동안 그곳에 가서 산 것 빼고는 금촌을 벗어난 적이 없다. 거기 가서도 학령산을 못 잊어 그 뒤로 이사 와서 학령산을 정원 삼아 살고 있다.

50년 돌고 돌 동안 내 키만 한 소나무들은 내가 늙어가는 동안에 하늘을 가리고 있다. 솔잎을 따서 송편 해 먹던 시절은 옛이야기가 되어 손이 닿지 않는 큰 소나무만 멀거니 바라볼 뿐이다. 오늘은 철 따라 변하는 나무들의 색깔을 감상하기도 하고 소나무에 앉아 재잘거리는 새들을 바라보며 대화를 나눈다. "안녕, 잘 있었니. 어제는 어디 갔었니? 왜 안 왔어?" 구구구구 산비둘기 미안하다며 매일 아침 인사 오겠다며 약속을 했다. 조금 있다 까치가 왔다. 애들은 내가 심심할까 봐 한꺼번에 오지 않고 번갈아 오나 보다.

다음엔 누가 올까. 옳지, 방울새 차례지. 작은 솔방울만 한 이 새는 내가 이름을 지어준 새다. 그런데 직박구리는 바쁜지 요즈음 안 보이네. 여기 오는 애들은 부부 금슬이 좋은지 꼭 쌍으로 온다. 애들아, 너희들은 사람 닮지 마라. 인간들은 이혼을 너무 많이 한단다. 그리고 새끼들을 많이 까거라. 인간들은 살기 힘들다고 아이들을 낳지 않으려고 한단다. 나는 새들과 대화를 나누며 하루 하루를 자연을 벗 삼아 노년을 즐겁게 살고 있다.

요즈음 율목 지구 재개발이 한창이다. 그 동네가 없어지기 전에 가보려고 벼르고 별렀건만 뭐 그리 바쁜지 그곳을 떠나와선 한 번도 가보질 못했다. 신혼살림을 차렸던 곳, 아이들을 낳아 길렀던 곳. 그 동네 아이들은 항상 우리 집 마당에서 놀았었지. 수십 년 동안 한곳에서 다른 지역 변하는 모습을 바라보며 끈질기게 그곳을 지켜온 사람들, 자식들은 모두 떠났어도 버티고 살아온 부모들. 이제는 새집으로 이사할 날을 기다리고 있겠지.

신앙심이 투영된 한솥밥 사랑
그 생활 속에 핀 나눔의 미학

장기숙(시인·수필가)

백정숙 시인은 뿌리 깊은 기독교 신앙인이다. 주님을 믿고 이웃 사랑을 몸소 실천하며 오래전부터 다년간 쉼 없이 작품을 써왔다. 집안일은 물론 봄에는 텃밭에 씨를 뿌리고 여름이면 땀 흘려 흙과 함께 살아가는 부지런한 생활인이기도 하다. 이제 농부가 열매를 거둬들이듯 편편이 모은 작품을 곳간에 채우게 되었다.

작가의 『학령산 돌고 돌아』의 작품 세계는 기독 사상을 바탕에 둔 더불어 사는 삶에 대한 시적 자아가 주류를 이룬다. 이는 사람뿐만 아니라 대자연에도 경건하고 엄숙한 자세로 다가선다. 흙과 가까이하면서 그 생활 속에 피워올린 작가의 문학적 지향점을 따라 운문과 산문의 숲에 들어가보려 한다.

열무김치 노각무침 보리밥에 강낭콩
보글보글 강된장에 써억써억 비벼 놓고
이웃들 둘러앉아서
너도 한 입 나도 한 입

더위는 물럿거라 수박 참외 나가신다
콩국수에 오이냉국 뱃속까지 시원타
울 밑에 누렁이도 함께
삼복 거뜬 넘긴다

- 「여름날의 삽화」 전문

구수한 목소리로 추억 속의 여름을 소환한다. 열무김
치, 노각무침 보글보글 강된장까지 여름날 먹거리들을
총동원하여 미각적 이미지로 하여금 침이 꼴깍 넘어가게
하는 충동을 자아낸다. 혼자가 아니고 너도 한 입, 나도
한 입 이웃과 함께하는 모습이 그려진다. 강아지까지 끼
어들어 삼복을 넘긴다니 누가 여름을 덥다고 하겠는가.
시인은 이 외에도 〈봄 들녘〉에서 "봄 향기 가득한 밥상/
나물잔치 벌였네"라며 밥상을 주제로 시를 선보인다. 수
필 〈할머니 농사 이야기〉에도 "옛날 어른들이 씨앗을 뿌
릴 때 하나는 벌레를 위하여, 한 개는 짐승들을 위하여,

나머지 하나는 자신을 위하여 심었다고 해요."라는 문
장에서 알 수 있듯 나눔의 사유를 공유한다. 〈보물 밭〉,
〈송화 필 무렵〉 등 곳곳에 미각적 이미지를 동원하여 입
맛을 자극하는 밥상머리 사랑을 선물한다.

묵정밭 햇살 한 뼘 받은 게 전부라오
풀섶에 온몸 끓어 바람처럼 울어도
함부로 말하지 마라
쇠심줄보다 질기다고

밟히고 뽑혀서도 시퍼렇게 고개 들고
일용직 천민으로 사방을 떠도는 生
은장도 가슴속 깊이
뿌리 뻗어 살아가오

넓고도 깊은 뜻은 아무도 측량 못할
모든 만물 지으신 조물주 작품일진대
한번쯤 눈부신 대박
터트릴 날 올 거라오

- 「쇠뜨기」 전문

사회는 빈부격차로 인해 빌딩 아래 그늘이 깊게 마련이다. 어려운 이웃을 쇠뜨기로 의인화한 작품으로 빈곤층을 향한 연민과 사랑을 전하는 작품이다. 물려받은 것이라곤 햇살 한 뼘밖에 없지만 생명력 하나는 강하다. "밟히고 뽑혀서도 시퍼렇게 고개 들고/일용직 천민으로 사방을 떠도는 生"이라 할지라도 원망하거나 낙담하지 않는다. 이 시에는 만물을 평등하게 지으신 분이 조물주임을 설파하며 언젠가는 좋은 날이 돌아올 거라는 긍정의 힘을 가진 희망적 메시지가 들어 있다.

지구가 몸살 났다 열이 올라 40도
참는 것도 유분수지 더 이상 못 참는 듯
인간의 탐욕이 넘쳐
하늘이 내린 벌인가 보다

바다도 노했나 봐 쓰레기는 싫다며
태풍을 불러들여 한바탕 뒤엎어 놓다
자연을 더럽힌 우리
후손에게 뭘 남길까

— 「경종이 울다」 전문

시인은 대자연을 향한 환경에도 애착을 갖는다. 예전과 달리 무더위가 한층 더 기승을 부린다. 이는 문명과 함께 인류의 편리함이 가져다준 온난화 현상으로 지구가 뜨거워진 이유에 대해 자신을 포함한 우리 모두에게 그 책임을 묻는 것이다. 태풍이 지나간 바닷가를 보라. 페트병, 비닐, 온갖 쓰레기로 변한 백사장을 바라보며 자연환경이 얼마나 병들어가고 있는지 만인을 향해 경각심을 가지게 한다.

우리 밭은 곡식보다 풀이 더 무성하다. 지나가는 사람들이 답답했던지 한마디씩 한다. "제초제를 뿌리세요. 뿌리까지 죽는 약이 있어요." 그런데 풀이 "내가 죽으면 당신들도 죽어요." 한다. 우린 힘이 들더라도 뽑아주고 잘 라주고 그러다가 장마철이 오면 풀에게 지고 만다. 그러면서 함께 살아가는 거다.

–수필 「마음도 타들다」 중에서

백정숙 작가의 환경 사랑은 풀 한 포기에도 애착을 가진다. 독한 제초제를 뿌리면 힘이야 덜 들겠지만 땅의 흙이 산성화되어 결국에는 식물은 물론 인간도 악영향을 고스란히 받게 되기 때문이다. 힘들더라도 참고 인내하

며 환경을 지켜가는 모습은 글에서도 실생활에서도 가히
본받아야 할 대목이다.

이게 아니었다구 본래의 내 모습은
다리 꼬고 돈만 세는 복부인이 될 줄이야
풀꽃들 벌 나비 딱정벌레
화가는 어딜 가고

오백년 후 내 팔자가 이렇게 바뀌다니
더구나 세종대왕 윗자리 턱 하니 앉아
세상을 온통 쥐락펴락
거드름을 피우다니

누구는 날 좋아해 마늘밭에 숨겨놓고
어떤 이는 인형 속에 꾸역꾸역 처넣어
지상에 뉴스감으로
비난받고 살 줄이야

제발 내 소원이야 나 없으면 못 산다니
진정 사랑한다면 음지에서 날 꺼내줘
빈자들 호주머니에

180

고루고루 나눠야 해…

－「신사임당－5만 원권」 전문

　세상엔 부조리한 방법으로 돈을 버는 사람들이 얼마나 많은가. 뒤가 떳떳지 못한 어마어마한 돈을 마늘밭에 숨겨 놓은 뉴스를 본 적이 있다. 시인은 이를 대하고 그릇된 사회의 한 일면에 다소 격한 어조로 일침을 가한다. 돈이란 역시 어려운 사람들에게 골고루 가야 한다는 이웃에 대한 연민과 사랑에서 나온 발상으로 화자의 깊은 신앙심을 대하게 된다.

　"제발 내 소원이야 나 없으면 못 산다니/ 진정 사랑한다면 음지에서 날 꺼내줘/ 빈자들 호주머니에/ 고루고루 나눠야 해…"라고 끝을 맺으며 역사적 인물 신사임당의 초상이 그려진 5만 원권을 의인화하여, 정당하게 돈을 벌어 바르게 쓰여지기를 재미성과 더불어 호소력이 강한 어조로 일갈한다.

　집 앞 수챗구멍엔 음식 찌꺼기가 널려 있고 꾀죄죄한 옷을 입은 유난히 눈이 큰 여자아이가 큰 눈을 껌뻑이며 우리를 바라보고 있다. 집이라고 하기엔 너무 허름한 그곳에서 어찌 지낼까. 그 이웃집엔 다 낡은 나무침대

두 개가 일 행을 기다린다. 살림살이도 별로 없는 방은 너무 초라해서 목이 메어왔다. 세 상에 이런 데서 살다니……. 목사님이 기도하시는 내내 쉴새 없이 뜨거운 눈물이 흘러내렸다.

(중략)

선교여행이라는 미명하에 여정을 끝내고 돌아온 나는 무척 자책감에 시달리고 있다. 열악하기가 이를 데 없는 여건에서 고생하고 있는, 아니 몇 년씩이나 희생에 가까운 사역을 하는 선교사들의 생활이 나를 놓아주지 않는다.

— 수필 「선교여행을 가다」 중에서

작가의 박애주의 세계관은 수필 〈선교여행을 가다〉에서도 어김없이 나타난다. 흔히 여행이라면 개인적인 즐거움을 만끽하기 위함이지만 열악한 조건에서 헌신과 희생을 감수하며 선교를 하는 현장을 찾아가기도 한다. 그러면서 오히려 안락한 신앙생활을 하는 자신에게 자책감을 갖는다고 자아 성찰하는 모습을 보인다.

지금까지 백정숙 시인의 작품집 『학령산 돌고 돌아』의 우거진 숲속을 돌고 돌아보았다. 80대라는 적지 않은 연

세에도 불구하고 時調와 隨筆을 넘나든 왕성한 필력에 경의를 표한다. 주지했듯 신앙의 바탕 위에 한솥밥 사랑이 따뜻하게 다가오는 이웃 사랑, 자연에 대한 애착심, 동물 사랑 등의 내용이 담긴 작품이 주를 이룬다. 시인의 작품은 거의 흙으로부터 발현된 심상에 가깝다. 이는 텃밭을 가꾸며 사는 생활과도 무관하지 않지 않을까. 잡초와 싸우듯 굵고 뚝심 있는 어조로 세계를 향해 더불어 사는 삶에 대한 천착과 나눔의 미학을 추구하고 있다.

백정숙 시인의 時調는 거의 은유라든지 상징과는 거리가 멀다. 반면 주저하지 않는 진술적 표현의 육성으로 힘있게 끌고 나간다. 이는 장점이자 단점이긴 하지만 작가의 개성이다. 앞으로 서정적 육화된 목소리를 보완해야 함도 염두에 두리라 믿는다. 신실한 신앙인, 부지런한 생활인, 문학 작가로서 걷는 길에 텃밭의 곡식들처럼 돌올한 열매가 주렁주렁 맺히기를 기대해본다.

학령산 돌고 돌아

초판 1쇄 인쇄 2022년 09월 23일
초판 1쇄 발행 2022년 10월 05일
지은이 백정숙

펴낸이 김양수
책임편집 이정은
교정교열 채정화

펴낸곳 도서출판 맑은샘
출판등록 제2012-000035
주소 경기도 고양시 일산서구 중앙로 1456 서현프라자 604호
전화 031) 906-5006
팩스 031) 906-5079
홈페이지 www.booksam.kr
블로그 http://blog.naver.com/okbook1234
이메일 okbook1234@naver.com

ISBN 979-11-5778-565-0 (03800)

맑은샘, 휴앤스토리 브랜드와 함께하는 출판사입니다.